雪漫月影

XUEMANYUEYING

梁惜玉　著

台海出版社

图书在版编目（CIP）数据

雪漫月影 / 梁惜玉著. —— 北京：台海出版社，
2020.9
ISBN 978-7-5168-2710-9

Ⅰ．①雪… Ⅱ．①梁… Ⅲ．①中篇小说－中国－当代
Ⅳ．① I247.5

中国版本图书馆 CIP 数据核字 (2020) 第 159722 号

雪漫月影

著　　者：梁惜玉

出 版 人：蔡　旭　　　　　　　　　封面设计：树上微出版
责任编辑：王　艳

出版发行：台海出版社
地　　址：北京市东城区景山东街 20 号　　邮政编码：100009
电　　话：010-64041652（发行，邮购）
传　　真：010-84045799（总编室）
网　　址：www.taimeng.org.cn/thcbs/default.htm
E - mail：thcbs@126.com

经　　销：全国各地新华书店
印　　刷：武汉市金港彩印有限公司
本书如有破损、缺页、装订错误，请与本社联系调换

开　　本：880 毫米 ×1230 毫米　　　　1/32
字　　数：88 千字　　　　　　　　　印　　张：5.25
版　　次：2020 年 9 月第 1 版　　　　印　　次：2020 年 9 月第 1 次印刷
书　　号：ISBN 978-7-5168-2710-9

定　　价：68.00 元

谨以这本小说纪念不羁的青春岁月，祭奠那些曾经渴望却从未拥有过的爱。

目 录
CONTENTS

第一章 戾深似兽

孟烨又一次从噩梦中惊醒，他平缓了一下喘息，擦了擦冷汗，点燃一支香烟，大口地吸完。

虽然才凌晨四点，但孟烨已然睡意全无，他静静地站在窗前，直到黎明时的光辉逐渐驱散了黑暗。

感受光与暗的交接，仿佛能平复他内心的波澜，带来些许慰藉与温暖。

十年来他几乎没睡过一个安稳觉，这对于职业拳手来说，是很影响比赛状态的。

"我拿什么拯救，当爱覆水难收……"

刺耳的手机铃声划破了晨曦的寂静，是孟烨的经纪人阿超打来的。

"喂，阿烨，今晚比赛定在愚人大酒店，你这次的对手只不过是一个刚出道的小混混，上去随便打两下出场费就到手了，我跟你说，这次……"

孟烨不耐烦地挂断了电话，轻轻搓了搓脸颊，赤条条地走进了卫生间。他拧开淋浴器，把水温调到最冷，一动不动地冲洗着，直到身体微微颤抖才关掉。

孟烨很享受淋完冷水浴，站在阳光下，感受身体逐渐变暖的过程，这是一种纯粹的、源自本能的快感，也是孟烨现在唯一能够体验到快乐的方式。

孟烨进入拳坛已经五年了，他的比赛风格犹如一场席卷而来的飓风，格斗方式极为暴烈。孟烨在擂台上从来没有进行过战术防守，他会从比赛一开始就全力进攻直到结束，即使在被对手抓住破绽反击的时候，也绝不后退一步，而是会用脸颊硬抗住对手的拳头，以伤换伤，决绝而惨烈，他甚至有一次戏剧性的直接把下颚递到了对手的拳头上，当场被击晕。孟烨好像根本不是在比赛，而是一个亡命之徒在垂死挣扎，所以圈里给他起了个称号，叫作斗兽。

一位金牌拳赛评论员曾说过，如果孟烨肯做适当的战术防守，可能早就赢得拳王腰带了，可他似乎有极端的受虐倾向，参加比赛的目的并非为了击败对手，而是想要感受疼痛，但也不排除是主办方想故意制造噱头。

不管怎么说，孟烨这种强硬至极、近乎疯狂的个性，吸引了无数的粉丝，只要孟烨出现在擂台上，就犹如开始了一场盛大的狂欢。

岭城市，愚人大酒店，晚八点整。

孟烨正在酒店的健身房里做着赛前热身训练，一旁的经纪人阿超看着他机械的动作，终于忍不住开口："阿烨，你到底经历了什么事情，才会变成现在这个样子，我干这行也有些年头了，可从没见过像你这样，在擂台上主动挨揍的拳手。大家都认为你是一个变态受虐狂，只有我不这样看，因为如果你真有受虐倾向，那你挨揍时的表情应该是享受或者癫狂，但你在台上的表情却明明显示你很愤怒。我建议你去看心理医生你也从不回应，这样下去我真担心你会出问题。"

孟烨依然自顾自地机械练习，仿佛根本没有听见阿超的话，阿超也不在意，显然他已经习惯了孟烨的沉默寡言，仔细想想，在他做孟烨经纪人的这五年，两人好像也并没有说过太多的话，阿超甚至怀疑如果现在他和孟烨解除合作关系，过一段时间再见面，孟烨是否还会认得他。

比赛快要开始了，孟烨和阿超来到了酒店精心布置的擂台前，阿超看着孟烨的巨幅海报，打趣道："今天的比赛已经一票难求了，观众可都是冲着你来的，啧啧，阿烨，看来你的魅力真是不小啊，喏，你今晚的对手就是那边的白毛。"言罢，阿超朝着海报旁的角落努了努嘴。

孟烨顺着阿超的目光望去，只见一个中等个头、身材健硕、头发全部染成了银色的青年拳手也在打量着他，两人对视片刻，银发拳手突然露出了狞笑，并放肆地伸出舌头舔了舔嘴唇，同时朝着孟烨做了一个割喉的动作。

阿超见到他如此嚣张，忍不住笑了笑："这小子真是找死，一会儿下手轻点，别再闹出事了，上次那个拳手只不过对你竖了一下中指，你就……"

阿超的话戛然而止，因为他突然发现孟烨浑身不住地颤抖，还哼哧哼哧地喘着粗气，他仔细一瞧，只见孟烨双眼泛红，正死死地盯着银发拳手。阿超第一次见到孟烨出现这种状态，直觉告诉他，孟烨和银发拳手之间应该有很深的旧怨。

"阿烨，你怎么了，不要冲动，有什么事到台上解决。"

阿超按住了孟烨的肩膀，以防他失控冲向银发拳手，在擂台下面打伤对手可是要承担刑事责任的，孟烨深吸了一口气，缓缓地回过头，阿超突然间如同触电般猛地后退了一步。

那是怎样一种眼神啊，仿佛一阵冰冷刺骨的寒风中夹杂着猩红的血雨。

阿超张开嘴刚想说点什么，孟烨忽然低下了头，看似平静地转过身走向备战区，刚刚那个如同嗜血凶兽般的他仿佛是另外一个人。

阿超明白，这是暴风雨来临前的宁静，孟烨今晚一定会把事情闹大，甚至有可能毁了他自己，现在最明智的做法就是立刻终止这场比赛，然后控制住孟烨，把事情的来龙去脉弄清楚。

可阿超什么都没有做，因为在比赛之前，那个银发拳手的幕后老板竟然私下里找到自己，说他了解孟烨的过去，知道孟烨为何会变成如今这副模样。他之所以组织这场挑战赛，就是为了要让孟烨与过去做个了断，所以无论今晚发生什么事情，都不要阻止孟烨。

此时此刻，阿超仿佛明白了那个神秘老板所说的话，的确应该让孟烨用他自己的方式去寻求解脱，走出那片被他深埋在心底的宿命的阴霾。所以，阿超只是站在原地，怔怔地看着孟烨逐渐远去的背影。

孟烨安静地坐在备战区，他闭着眼睛，双拳用力地相互挤压。拳套被挤压得越薄，能给对手造成的伤害就越大。

观众席的灯光忽然暗了下来，拳赛的主持人来到了擂台上。

"尊敬的各位来宾，大家晚上好。我是主持人鑫仔，相信你们已经迫不及待地想要观看这场斗兽争霸赛了，好，废话就不多说了，我宣布，比赛正式开始，下面有请孟烨登台！"

现场的气氛一下子被点燃了，观众们声嘶力竭地呼喊着孟烨的名字。在这山呼海啸般的叫喊声中，孟烨慢慢地站起身来，脱掉披风，跨进了擂台。他浑身的肌肉犹如甲胄般结实，整体呈流线型，在聚光灯下显得格外健美。孟烨的手臂和后背上有几处狭长的伤痕，为他平添了几分野性的魅力。

"今晚的挑战者是一位新出道的选手，看他能否一战成名，当然，我们也祝愿他不会被抬下场，下面有请我们的挑战者袁念君！"

银发青年在一片嘘声中跨进了擂台，一脸嘲弄地看着孟烨，而孟烨依然在低着头挤压拳套，好像根本没有把他放在眼里。裁判示意两人做好准备，讲明规则后，比赛正式开始。

第二章 雪恨之殇

随着比赛铃声响起，孟烨缓缓地抬起了头，他眯着眼睛盯着对面的袁念君，心中腾地燃起了一股难以抑制的怒火，仿佛要把连他在内的所有人一起烧成灰烬。孟烨刚摆好格斗架势，忽然听见了袁念君的嘲笑声："小子，还记得我吗？听说你特别喜欢挨揍，当初怎么没看出来呀，其实你那时候要是不跑，没准还能算你一个呢，哈哈哈……"

"嘿嘿嘿……桀桀桀……"

出乎袁念君的意料，孟烨竟然也笑了起来，而且声音越来越大，这笑声犹如夜枭啼哭，令人不寒而栗，孟烨脸上的表情逐渐扭曲，变得癫狂而邪魅。

袁念君莫名地感到阵阵寒意，他不再多言，趁着孟烨笑声未止，突然发起了进攻，想要抢占先机，让孟烨陷入自己娴熟的攻击节奏中，一鼓作气在第一回合就击败他。

孟烨见到袁念君并非试探性的进攻，而是用尽全力冲了过来，瞬间猜到了他的意图，孟烨脸上的笑容变得更加诡异了。

在袁念君的直拳即将接触到孟烨头部的时候，竟被孟烨用左拳后发先至的格挡开，与此同时，孟烨迅速半蹲，右拳猛烈地击中了袁念君的腹部，他随后双脚剧烈蹬地，蹿起身来一记重拳狠狠地击中了袁念君的下颚。紧接着，孟烨展开了他疾风骤雨般的后续进攻，袁念君被打得毫无还手之力，只能双拳死死护住头部，不断后退。

"大家看到了吗，孟烨挡住了袁念君的直拳，没错，孟烨他竟然防守了，这是孟烨出道以来的第一次战术防守，挑战者袁念君完成了许多前辈都没能做到的事情，今晚的比赛太出人意料了，刚刚到底发生了什么！"

主持人疯狂的呐喊声让观众的情绪更加高涨。

"袁念君！袁念君！袁念君……"

这一刻，袁念君仿佛成了新的偶像。

袁念君被一路逼到了擂台的角落，他右脚紧蹬台柱，想要寻找机会抱住孟烨，然后等裁判把他们两个分开，从而能够稍微喘口气。孟烨的强大远超他的预料，他没想到当初那个懦弱无能的大学生竟然成长到了这种地步。终于，袁念君抓住了孟烨的攻击间隙，猛地扑了过去。

孟烨仿佛早就预料到了袁念君的意图，在他扑过来想要抱住自己的一瞬间，迅速后跳躲闪开，紧接着扭腰蓄力，打出一记下勾拳，正中袁念君鼻尖，袁念君被重新打回到了角落，他的后脑重重地撞击在台柱的棱角上，孟烨迅速跟过去用一只拳头抵住袁念君的身体，防止他滑倒，另一只拳头猛烈地连续击打他的面部，这一切发生得太快了，快到裁判根本来不及制止。

袁念君缓缓倒下，身体不住地抽搐，医护人员冲上来围着他进行急救，然后把他用担架抬离了现场。

孟烨很了解自己拳头的威力，袁念君即使侥幸捡回一条命，后半辈子也只能躺在床上了。

"慕雪，我已经为你报仇了，可是，你究竟在哪里呢？"

孟烨跪倒在擂台上，旁若无人地大哭了起来。

听别人说，复仇是苦甜参半的，可孟烨却越发地感觉到痛苦。

现场的欢呼声没那么热烈了，似乎是由于在这场比赛的最后关头，孟烨表现得过于疯狂和残忍，让相当一部分观众感到不适。

阿超来到台上，搀扶起泪流不止的孟烨，把他带回了房间里，然后静静地离开了，因为阿超明白，孟烨不需要安慰，此时的他也不希望被打扰。

在擂台上和袁念君相遇，是孟烨最盼望的，看来老天还是待他不薄，只不过，整整晚了十年。

游走于比赛规则的边缘，恶意伤人，孟烨一开始就清楚这样做的后果，他知道自己以后都不能再参加任何职业比赛了，没准还会被起诉，甚至坐牢，不过，这些都不重要了。

孟烨静静地躺在床上，枕边的泪迹早已干涸，夜深了，他失神地看着天花板，尽管双眼已经疲惫得有些刺痛，他还是不愿意闭上，因为每一个夜晚对他来说都是折磨，如果可以，孟烨甚至希望能够不用睡觉……

袁念君死在了送往医院的路上，他断裂的鼻梁骨刺入了大脑中，无法抢救。尽管孟烨的经纪公司为他全力周旋，最终孟烨还是以违背比赛精神为由被永久禁赛。

一个月后，阿超约孟烨在咖啡厅见面，阿超照旧给孟烨点了一杯柠檬冰水，关切地问道："阿烨，以后有什么打算？"

"你应该能联系上地下竞技场吧，介绍我过去。"孟烨淡淡地回答。

"阿烨，说心里话，相识一场，我真不想让你走上这条不归路，但你既然已经决定了，我也就不多说了。不过，你必须要答应我一个条件，不能再只攻不守了，那样在地下竞技场里无异于送死。"阿超盯着孟烨，担心他会拒绝自己，然后一走了之。

"好，我答应你，尽快联系比赛吧。"孟烨说完就站起身离开了，其实孟烨很想对阿超说一声谢谢，谢谢他这些年来对自己的帮助，可话到了嘴边却怎么也说不出口。

阿超的办事效率很高，第二天就通知孟烨已经联系好了比赛，由于孟烨的名气较大，所以主办方特意为他安排了一位顶尖的拳手。只不过阿超没有告诉他的是，此次比赛的主办方就是袁念君的幕后老板，那个想让孟烨从痛苦中解脱出来的人。

阿超带着孟烨来到了一处偏僻的娱乐会所，穿过灯红酒绿的走廊，来到了一个特别宽敞的大厅，大厅里熙熙攘攘的有百十号人，看样子应该是今晚的观众。这时一位身着兔女郎制服的美女走了过来，轻声询问："您好，请问是孟烨先生吗？"

孟烨点了点头。

"孟烨先生，请您跟我到更衣室换上格斗服好吗？"

兔女郎说完就自然而然地挽住了孟烨的胳膊，阵阵幽香袭来，再加上兔女郎暴露的衣着打扮，孟烨的表情显得有些不自然。见到孟烨的窘境，兔女郎不禁咯咯地轻笑了起来。

孟烨随兔女郎来到了更衣室门前。

"孟烨先生，请进吧，我们会馆的总经理在里面等您呢。"兔女郎说完对着孟烨俏皮地眨了一下眼睛，然后轻轻地敲了敲门。

"进来！"房间里传出一个爽朗的声音。

孟烨推开门，不禁愣了一下，他真没想到会在这里见到大学时的同学——邬为念。眼前的邬为念，模样和大学时相比几乎没什么变化，只是头发比原来长了许多，气质变得沉稳内敛，给人一种精明强干的感觉。

"烨子，怎么，你小子连我都不认识啦。"邬为念笑吟吟地说道。

两人对视片刻，仿佛要从对方脸上看出这些年来的沧桑变化，也不知到底是谁先忍不住的，他们俩忽然猛地抱住了对方。

有些朋友，无论当初在一起玩得多么开心，一旦分开了，也就走散了，并不是谁故意不搭理谁，而是自然而然地成了彼此生活中的过客；而有些朋友，不管相隔多久，等到再次遇见的时候，不必寒暄，相逢一笑，犹如从前。

"你先准备一会儿的比赛，等比赛结束，咱们再好好叙叙旧。"邬为念说完，拍了拍孟烨的肩膀，走了出去。

孟烨换好格斗服，闭上眼睛，静静地坐在椅子上。邬为念的出现，让他又不禁回忆起了大学时那段青涩而又不堪回首的往事……

第三章 初见之欢

十年前。

那一年，孟烨十九岁，就读于岭城大学一年级。

虽然孟烨的学习成绩很优秀，名字经常出现在年级考试排行榜的前几名，但除了授课老师和同班同学以外，并没有多少人认识他，因为当时倍受学生们关注的，是那些高高帅帅，篮球打得好，或者足球踢得棒的男生，他们才是校园里的风云人物。

孟烨平时话不多，他喜欢一个人安静地学习，得闲的时候读一些课外书籍，文学名著、小说杂志、幽默段子，他都喜欢看，涉猎广泛。

不了解孟烨的人会认为他是一个性格温和，不太喜欢交际，还有些内向的书呆子，而作为孟烨在班里唯一的死党 —— 邬为念却知道，其实孟烨是典型的外冷内热，他对任何事情都感兴趣，无论关于什么话题都能聊上几句，并且见解独到。

　　孟烨并非故意表现得与别人存在距离感，可能是由于他从小在孤儿院长大，过早地体验到了社会上的人情冷暖，从而本能地形成了一种自我保护意识。

　　七月的岭城市如同一个巨大的烤箱，不过相比于南方的某些城市来说，还不至于只能躲在空调房里避暑。

　　这天，孟烨正在聚精会神地做着习题，顺便分散一下注意力，暂时忘却这炎热的酷夏，忽然有人拍了他的后脑一下。

　　"烨子，十万火急，出来一下，有重要的事跟你说。"孟烨无奈地抬起头，看到了邬为念一本正经的面孔。

　　孟烨跟随邬为念来到了走廊的尽头，邬为念转过身，神秘兮兮地说道："烨子，听说了吗，下周咱们年级要办一场辩论赛。"

　　"没什么兴趣，你要是想参加，到时候我可以在台下给你加油助威。"孟烨撇了撇嘴，毫无兴致地回答。

　　"嘿嘿，夏慕雪可是也报名了，参不参加随便你。"邬为念一脸揶揄地看着孟烨。

　　孟烨原本毫无表情的面孔忽然变得生动起来，邬为念的话犹如一阵春风拂过，吹走了寒冬，冰消雪融，给大地带来了勃勃生机。

　　看到孟烨的神情，邬为念又嘿嘿一笑，接着说道："烨子，别以为哥们看不出来，你每次只要一见到夏慕雪，立刻就迈不动步了，眼睛都舍不得眨一下，像是丢了魂一样。这次的机会你可得把握住了，过了这个村儿，可就再没这个店儿了，追夏慕雪的人恨不得排到了天安门，可人家谁都瞧不上，没准就等着你这个大才子出现呢。正所谓自古才子配佳人，这回你可得在辩论赛上好好露两手，顺带着也让咱哥们露露脸。"

"嘿嘿。"孟烨有些难为情地干笑了一声，邬为念搂住他的肩膀，继续说道："行了，你就别端着了，咱这就去报名吧。"

夏慕雪是学校公认的女神，不仅模样长得漂亮，身材更是没话说，她温文尔雅的言谈举止，就如同古时的大家闺秀一般，而且她的学习成绩非常优秀，总是名列年级组前茅。夏慕雪仿佛诠释了完美的含义，在校园里，只要是她出现的地方，就会成为一道靓丽的风景线。

孟烨与夏慕雪的故事就是从这场辩论赛开始的。

一周后，孟烨怀着无比激动的心情迎来了他万分期待的辩论赛。比赛采用小组淘汰机制，两个人为一组，一个主辩手，一个副辩手。这次辩论赛主要考察选手们的临场应变能力，论题全部现场抽签，没有办法事先准备。

孟烨与邬为念的辩论小组一路乘风破浪，直奔决赛。

作为主辩手的孟烨在比赛中可谓纵横捭阖，他一改往日温和的态度，在辩论时旁征博引，词锋犀利，往往三言两语就逼得对手理屈词穷，可能连孟烨自己都没发觉，此时的他身上，有种一往无前的气势，那感觉就像——虽千万人，吾往矣！

或许是由于孟烨与夏慕雪的思辨能力出众，又或许是因为参赛的选手并不是很多，再或许是缘分的牵引，总之，经过一番激烈的角逐，他们终于在决赛相遇了。本次决赛的论题是：梦想是否会随着成长而凋零，夏慕雪是正方辩手，孟烨是反方辩手。

孟烨站在辩论台上，呆呆地看着对面的夏慕雪，只见她身着一件翠绿色的百褶裙，裙子下摆处的褶皱竟会随着她的动作变换，奇妙地组合成不同形状的花瓣，在空中回旋，而她本人，就是那绚烂的花丛中最美丽的一朵。那一刻，孟烨真切地听到了自己隆隆的心跳声，节奏如同两军交战前的擂鼓。

"比赛开始，请正反双方的主辩手陈述各自观点，正方先开始。"主持人的话让孟烨回过神来。

"反方选手你们好，我认为大多数人的梦想是会随着成长而凋零的。"夏慕雪的声音清脆悦耳，初听时如银铃，细听又好像珠玉落盘，使人心旷神怡。孟烨在听到她说"你们好"的时候，差点下意识地回一句，你也好。

夏慕雪接着畅然说道："正如当代诗人北岛在《波兰来客》中写道：

"那时我们有梦想，关于文学、关于爱情、关于穿越世界的旅行。如今我们深夜饮酒，杯子碰到一起，都是梦破碎的声音。"

此时台下响起了热烈的掌声，孟烨看着眼前的夏慕雪，忽然不想反驳她的观点，不想和她唇枪舌剑地相互攻讦，也许自己来这里的目的只是单纯地想和她聊聊天，最好能博她一笑。

原本孟烨的核心论点是：对于梦想，不忘初心，方得始终。可此时的他面对着夏慕雪，不禁心中暗想："喜欢你，才是我的初衷。"孟烨的脑子里忽然一片空白，之前准备好的说辞竟然忘得一干二净，主持人连续提醒了他两遍，孟烨还是没能说出一句话来。邬为念恨铁不成钢地瞪了他一眼，又狠狠地踩了他一脚，急切地小声提醒道："机会！机会！"

孟烨深吸了一口气，忽然仰起头，背过双手，恢复了之前那种从容淡定的姿态，仿佛胜券在握，他故作深沉地笑了一声，清了清嗓子，满怀激情地朗诵道：

"那就让我们干了这杯破碎的梦，然后，尽情地泼洒出去，看那曾经如金子般灿烂的梦，已被我们踩在了脚下，就用它来滋养新生的梦想，生根发芽！"

台下再次响起了雷鸣般的掌声，叫好声响成了一片。夏慕雪的眼中绽放出奇异的光芒，愈加明艳动人，可她好像忽然想到了什么，转瞬间脸颊布满了红晕，夏慕雪稍稍垂下头，轻轻地吐出了两个字——下流。

观众的喝彩声犹未停歇，夏慕雪也不知道他们是否听明白了孟烨的话中之意，她又羞又急，竟一跺脚，转身跑出了大厅。

其实这也不能够怪孟烨，当年曹植殿前成诗还走了七步，他只不过几个呼吸间就想出了这个博得满堂彩的对句，实属不易，再要求内容高雅，真有些强人所难了。

孟烨见到夏慕雪跑了出去，他下意识地就想要追过去，邬为念一把拉住他，朝他竖起了大拇指，笑嘻嘻地说道："烨子，真有你的，把人家都说跑了，你给夏慕雪留下的第一印象这么深刻，算是成功了一半，你……"

孟烨打断了邬为念的话，附在他耳边解释道："你先听我说，其实这句话的意思是……"

"哈哈哈哈哈……"听完孟烨的话，邬为念忽然前仰后合地大笑了起来。

此时此刻，孟烨不会知道，在台下的这一片欢声笑语中，有一双泛着异样色彩的明眸正痴痴地凝望着他。

孟烨成功地引起了夏慕雪的注意，只不过事情的发展有些出乎他的意料，不知道这个结果是好是坏。

第四章 情难自禁

这场辩论赛并没有掀起太大的波澜，校园又恢复了往日的平静。可是，对于孟烨来说，他的生活却即将翻开新的篇章。

这天课间，邬为念把孟烨叫了出去，认真的对他说道："烨子，辩论赛都过去两周了，你怎么一点动静都没有啊，你得趁热打铁，主动出击，可不能半途而废啊。"

"皇上不急太监急，这不是一直忙着准备下个礼拜的期末考试吗，对了，你发现没有，夏慕雪最近没怎么来图书馆。"孟烨有些奇怪的问道。

"这有什么好奇怪的，可能是她最近在忙别的事情呗，说不定看你不太主动，另寻他欢了也说不定呢。"邬为念调侃道。

孟烨没搭理邬为念，他隐隐觉得夏慕雪恐怕是遇到了一些麻烦，这才耽误了复习。

"为念，你女朋友佳佳认不认识夏慕雪身边的朋友啊，你让她帮我打听打听夏慕雪最近的情况，一瓶可乐！"

"两瓶！"

"成交！"

当天晚上，邬为念把孟烨叫到操场上一处僻静的地方，一脸严肃地说道："烨子，佳佳打听清楚了，你猜怎么着，原来是夏慕雪她爸出事了，她爸两个月前有一次喝多了，把人家酒吧给砸了，还死活不肯赔钱，人家要报警，夏慕雪没办法只好每天放学后去那个酒吧打工还钱，能不耽误学习吗？"

邬为念话音刚落，孟烨接着追问道："佳佳有没有告诉你夏慕雪是在哪个酒吧打工？"

邬为念摇了摇头："她没说，我让她再打听一下，放心吧，这事包在我身上了。"

"讲究！"孟烨言罢，擂了邬为念的胸口一下。

夏慕雪成长在一个单亲家庭中，她的母亲在她很小的时候就离开了他们父女俩。夏慕雪的母亲当年是岭城市远近闻名的大美女，追求者多如过江之鲫，可不知什么原因，她最后嫁给了一个普普通通的老实人，也就是夏慕雪的父亲。据说后来她为了钱跟一个大老板离开了岭城市，不知所踪，杳无音信。

从那以后，夏慕雪的父亲好像完全变成了另外一个人，整日酗酒，脾气暴躁，使本就不富裕的生活变得越发艰难。他有时候夜里喝多了就醉倒在路边，不省人事，每当这时，夏慕雪就会出来寻找他，然后把他背回家。这对于一个柔弱的女孩子来说可不是件容易的事，可夏慕雪不仅做到了，还坚持了这么多年。每次把父亲背回家后，夏慕雪都会敷一条热毛巾，放在他的额头上，一直守候到毛巾变凉，再重新换上一条，如此往复，直到他沉沉睡去……

从小到大，夏慕雪从没对她父亲说过一句埋怨的话，就这样默默地侍候着他，她父亲也从没对她提起过任何关于她母亲的事情。父女俩仿佛已经达成了默契，彼此缄默，相依为命。

按理来说，生活在这样的环境里，夏慕雪的性格应该是内向的，就算患有抑郁甚至自闭等心理疾病也不奇怪，但她却是那么的开朗与阳光，每一个见到她的人都会情不自禁地被她脸上洋溢着的笑容所感染，从而忘记了忧愁。生活的苦难不仅没有压垮她，反而使她变得更加坚强，就像从淤泥中生长出来的莲花，香远益清，亭亭净植。

邬为念的女朋友佳佳并没有打听到夏慕雪是在哪个酒吧打工，不过却得知她每天午休时都会去图书馆自习。

这天中午，孟烨带着一本崭新的习题册来到了图书馆，他装作挑选图书的样子，一层一层地寻找着夏慕雪的身影，终于，孟烨的脚步在顶楼的入口处停了下来，夏慕雪就在不远处安静地端坐着，几缕阳光透过窗纱照映在她精致的脸颊上，形成了唯美的剪影，孟烨忽然有种想把这一幕拍摄下来的冲动。

孟烨踌躇了一会儿，终于鼓起勇气，迈着坚定的步伐朝夏慕雪走了过去。毕竟，求爱的第一步，就是要勇敢。

"你好，请问这里有人吗？"孟烨指了指夏慕雪身边的座位，有些拘谨地问道。

夏慕雪仰起头，认出了孟烨，她的脸颊微微红了起来。

"是你呀，怎么，有那么多空座，偏偏想坐在这里，找我有什么事吗？"夏慕雪浅笑了一下，从容地反问道。

"诶？"孟烨的大脑有些短路，他真没料到夏慕雪竟会这样反问，不过他早有准备。

"哦，我叫孟烨，是这样，那个，我想问你一道题！"孟烨有些尴尬地说道，言罢，递出了手里的习题册。

听到孟烨这个拙劣的借口，再加上他一脸难为情的样子，夏慕雪不禁咯咯地笑出了声，如一串银铃叮叮当当。既然被识破，孟烨索性随着她一起开心地笑了起来。这一刻，孟烨忽然觉得他们俩就像是已经认识了很久的朋友。

"那好吧，让我先看看这道题。"夏慕雪不想让孟烨太尴尬，她优雅地接过了习题册。孟烨问的这道题是他特意挑选出来的，很具有典型性，但稍微有些难度，以夏慕雪的水平应该能解出来，不过需要一些时间。

孟烨在夏慕雪身边正襟危坐，嗅着她身上传来的阵阵清香，孟烨的心脏剧烈地跳动了起来，仿佛要从嗓子里蹦出来。大约过了十分钟，夏慕雪解出了这道题，呵气如兰地给孟烨讲了一遍。

"听懂了吗？"夏慕雪笑着问道。

"听懂了，谢谢你啊，可是，在你刚刚讲的过程中，我忽然有了一个新的思路，不知道能不能行得通，我们讨论一下好吗？"孟烨有些不好意思地说道。随后，孟烨给夏慕雪讲出了他独特的解题思路，仅仅三分钟，这道题的答案就跃然纸上。

夏慕雪认真地听完，冰雪聪明的她当然看穿了孟烨的小把戏。但是眼前的孟烨并没有扬扬得意，而是一脸讨好地继续装傻充愣，夏慕雪忽然想起不知从哪本书里读过的一句话——真心爱一个人，就会变得卑微。

夏慕雪忽然觉得此时的孟烨有些可爱，虽然他长得并不十分英俊，身上也没有那种特别吸引女孩子的英雄气概，但和他短暂的相处却让自己感到很轻松，还有些莫名的喜悦，夏慕雪决定捉弄他一下。

"孟烨！我们再多讨论几道题怎么样？"夏慕雪笑吟吟地问道。

"诶？"孟烨瞪大了眼睛，惊讶地看着夏慕雪，转而喜出望外地回了一句，"好呀。"

夏慕雪故意找出了几道十分复杂的习题，想要为难孟烨一下，看他还能不能有新的思路，缩短解题时间。可令夏慕雪没想到的是，她一时的心血来潮，竟会让她对孟烨刮目相看。对孟烨而言，夏慕雪的故意为难，却正中他下怀，真是应了那句古诗："山重水复疑无路，柳暗花明又一村。"

第五章 寒蝉思夏

从小没有爹妈疼爱的孩子懂事都比较早，孟烨六岁的时候就已经学会了自己照顾自己，不仅如此，他还能帮助孤儿院里的阿姨们做些力所能及的工作。

孟烨八岁的时候，发现他自己并不聪明，因为同样背诵一篇课文，有的小朋友念几遍，就能说出个大概，而他还在磕磕巴巴地辨别多音字；同样是做二十以内加减法运算，有的小朋友用眼睛一扫，就能得出结果，算得又对又快，而他还在一边掰着手指头，一边偷偷瞄着脚趾头，急得满头大汗。有时候孟烨忍不住会想，他的亲生父母是不是因为他太笨了，才会不要他，每次想到这里，孟烨都会躲进没人的角落里小声地哭泣，然后擦干眼泪，若无其事地继续跟小伙伴们玩耍。

在孤儿院里，自然不会有人教孩子们那么多道理，譬如怎样做人、如何办事，只有阿姨们偶尔会给他们讲一些小故事，孟烨非常喜欢其中的一个故事——熊瞎子掰苞米的故事,因为他觉得自己就像是那只蠢萌的小熊,存不住哪怕一点苞米,孟烨把这个故事当作自己为人处世的哲理,一直沿用至今。

从那时起,孟烨把每一道做错的习题,或者读过的好文章都当成苞米,拼命地反复记忆,不把它们牢牢记在心里,绝不学习新的知识。一开始,由于孟烨接受新知识的速度太慢,成绩总是吊在班级的末尾,老师们经常找他谈话,鼓励他不要放弃自己。就这样渐渐地到了小学五年级,正所谓厚积而薄发,孟烨好像突然间脑子开窍了一样,成绩扶摇直上,甚至超越了学校里那些如太阳般耀眼的天才少年,那时的孟烨证明了一件事——笨小孩也可以活得精彩。

上了初中以后,孟烨依然习惯性地背诵那些字字珠玑、句句箴言的佳作,但他不再死记硬背做错的习题了,因为随着科目的不断增多,知识体系的逐渐拓宽,习题量积流成海,他再用之前的方法无异于杯水车薪。

孟烨尝试着先把做错的习题归类,再详细地写出解析,尽量从不同的角度思考,通过多种途径解决问题,从而总结出最有效率的方法,然后反复练习,最大限度缩短思考与运算的时间,直至形成思维导图,作为下一次解题时的参考。

长此以往,大量的积累让孟烨做到了各种知识体系间的融会贯通，即使遇到了在其他同学眼中极其复杂的题型，他也能如庖丁解牛般，在短时间内找出最有效率的方法，快速解出正确答案。此时的孟烨明白了一个道理：学习的目的并非只是取得好成绩，而是要通过学习训练出一种缜密而又具有逻辑的思维，用这种思维去面对未知的人生。

当然，孟烨的这些事情，夏慕雪并不知晓，否则她也不会提出如此迎合孟烨心意的要求。

孟烨激动不已地接过了夏慕雪递过来的习题，仔细地阅读了几遍，但并未动笔，不出片刻，他就笑着对夏慕雪说道："这道题我之前恰好做过，记住了一种快捷的解法，我讲给你听。"

随后，孟烨深入浅出地给夏慕雪讲解了一遍，他的这种解题方法新颖独特、删繁就简，大大缩短了解题时间。

起初，夏慕雪真的以为是由于孟烨做题量大，见多识广，自己找来的这些难题恰好他都做过，可随着孟烨高屋建瓴地讲出了一个个她从未见过的快速解题技巧，夏慕雪终于意识到，并非孟烨博闻强记，而是他的逻辑思维能力太强了，自己对他的故意为难反而迎合了他的心意，又联想到上次辩论赛中他巧妙地对上了自己的诗句，夏慕雪俏丽的脸颊越发的红起来。

她忽然觉得孟烨注视着自己的目光落到脸颊上有些火

辣辣的，仿佛是在无声地嘲笑着她的自作聪明。羞愧的夏慕雪想要立刻逃离这里，可她敏锐地观察到，此时的孟烨非但没有表现出扬扬得意的样子，反倒还在一旁谨小慎微地赔着笑脸。

心思玲珑的夏慕雪意识到，自己虽然误入了孟烨的圈套，但主动权依然掌握在自己手里，不能失了方寸，不妨先逗逗他，说点夸奖的话，看看他会有什么反应。

想到这里，夏慕雪嫣然一笑，由衷地夸奖道："孟烨，不必自谦了，你讲的这些解题技巧确实让我获益良多，谢谢你。"

闻听此话，孟烨的脑子里轰的一声响，身子轻飘飘的，仿佛顷刻间置身于云端，原本准备好的说辞又一次被抛到了九霄云外，他结结巴巴地回道："没，没什么，这些题，我真，真的是恰好都，都做过……"孟烨边说边羞赧地挠了挠头。

"咯咯咯咯……"

孟烨话还没说完，耳边就又传来了一连串银铃般的笑声……

接下来的一段时间，每天午休时，孟烨与夏慕雪都会默契地来到图书馆顶层，学习之余，谈古论今，时而会传出阵阵欢声笑语，那段时光，是孟烨生命中最灿烂的日子。

随着对夏慕雪的逐渐了解，孟烨发现即使抛开动人的容貌不谈，她也是一个极为令人舒心的女孩——甘于平凡却不失浪漫情怀，富有主见却温柔而不固执。

与孟烨接触的次数越多，夏慕雪就越觉得在他身上有一种熟悉的感觉，那种感觉只有她会懂，就像是雨后初晴的阳光，温暖而不刺眼。

这天课间，邬为念来到孟烨面前，有些好奇地问道："烨子，你这几天神神秘秘地干吗呢？一到中午就不见人影，夏慕雪那事哥们接着帮你打听，别着急。"

孟烨笑了一下，回道："为念，我告诉你一个好消息。"接着，孟烨把这一段时间发生的事情告诉了他。

邬为念听完，目瞪口呆地看着孟烨，朝他竖起了大拇指，"行啊，烨子，真有你的，夏慕雪这是对你有意思啊，否则她也不会天天中午在那等你了，你俩真是两情相悦啊。你可得主动点，总不能让人家一个女孩子先开口表明心意吧。"说完，拍了拍孟烨的肩膀。

虽然孟烨知道夏慕雪对自己有好感，但他并不能确定那究竟是不是爱，如果自己贸然表明心意，一旦被拒绝，恐怕两人之间会生出隔阂，他之前的努力也都会付诸东流。孟烨苦思冥想，终于想出了一个两全其美的办法，既不会唐突了佳人又能够知晓伊人心意，于是他提笔疾书道：

寒蝉赋

浮生若梦当尽欢

莫令佳人成单影

唯恐

火眼不识郎君性

金睛难辨红颜情

但愿

连理枝化比翼鸟

沧海水作巫山云

——孟烨

　　孟烨拿起这篇《寒蝉赋》，反复诵读，读着读着忽然情不自禁地踱起舞步来，他眯着眼睛，嘴角露出陶醉的微笑，双手凌空虚抱，仿佛挽着挚爱的情人……

寒蝉赋

浮生若梦当尽欢
莫令佳人成单影
唯恐
火眼不识郎君性
金睛难辨红颜情
但愿
连理枝化比翼鸟
沧海水作巫山云

插画师：wkrily

第六章 心思百转 情事千回

又是一个阳光明媚的午后，孟烨趁着夏慕雪不留神的时候，把这篇《寒蝉赋》夹在了她的课本里，借品词之名试探她对自己的心意。如此一来，即使夏慕雪拒绝了自己，彼此也会有台阶下，不至于再相见时过于尴尬。

当晚，孟烨紧张得一宿都没睡，因为明天就将揭晓答案，如果明天中午夏慕雪依旧会来图书馆，则表明她真的爱自己，如果她没来，就说明她拒绝了自己。并非孟烨心急，而是因为他明白，他与夏慕雪都是那种爱憎分明，不会将就，对另一半有着明确标准的人，如此暧昧不清，时间越久，反而对彼此的伤害越深，不如趁早理清关系，或者情投意合，朝夕相伴；或者各安其位，友谊地久天长。

第二天，孟烨整个上午都心不在焉，他不停地抬头看钟，希望时间能慢一些，慢到寸阴若岁，守到地老天荒，那时世间再没有了忧伤；但他转而又会祈盼时间能快一点，快到如同白驹过隙，好让他可以骑着时光化作的骏马前去相会等候着他的挚爱。

孟烨在图书馆顶层一动不动地坐着，如同一座雕像，他从烈日当空一直坐到了晚霞斑斓，夏慕雪还是没有出现。

孟烨忽然感到特别懊悔，也许他不应该急着对夏慕雪表明心意，他应该再等等，等到日久生情，等到夏慕雪真的爱上他。就算等不到那一天，像之前那样默默地守候在她身边，也是极好的。此时的孟烨只希望，下次遇到夏慕雪时，她不会尴尬地转过头。

"烨子，怎么样？唉，算了，看你的样子就知道没戏了，不过你也不用太伤心，有句话说得好，人之所以会难过是因为还没有遇到更迷人的风景，哥们再给你找一个比她好十倍的。"邬为念拍着胸脯保证。

孟烨看着他，忽然咧开嘴笑了，似乎完全没有把这件事放在心上，从小到大，他从来不会让自己的负面情绪影响到别人，何况是他最好的朋友。见到孟烨露出了笑脸，邬为念擂了他胸口一拳，也笑道："对嘛，拿得起放得下，这才是我邬为念的好哥们！"

在随后的几天里，孟烨都会在午休时去图书馆顶层，可夏慕雪却没有再出现，她忽然间从孟烨的生活中消失了，仿佛之前发生的一切只不过是南柯一梦……

孟烨没有再跟邬为念打听夏慕雪的情况，可他依旧每天午休时雷打不动地去图书馆顶层。这天中午，孟烨跟邬唯念一起吃完午饭，他刚要起身离开，邬为念却忽然叫住了他："你这个情种，不用再去图书馆等人家了，佳佳上午告诉我，夏慕雪她爸胃出血住院了，她请了半个月的假照顾她爸去了。"

孟烨听到此话，原本已经逐渐沉寂的心瞬间又活跃了起来，他欣喜地想到：原来，她并不是在故意躲着我。但想到夏慕雪此时一定十分忧心她父亲的病情，孟烨又不禁替她难过起来。

"哦对了，烨子，佳佳还打听到夏慕雪是在电玩城里的相约酒吧打工。"邬为念接着说道。

当晚放学后，孟烨一个人来到了相约酒吧，刚推开门，就听到了一位女歌手在唱《盛夏的果实》，歌声深沉而婉转，音色有些像夏慕雪。孟烨转过走廊进入大厅，忽然停住了脚步，只见夏慕雪亭亭玉立地站在唱台上，身穿一件白色绣绿边的连衣裙，长发披肩，略施粉黛，令人赏心悦目。

"如果你会梦见我，请你再抱紧我。"当孟烨听到这句歌词的时候，不禁在心中对夏慕雪痴痴地说道："无论是否在梦里，我都希望能永远地抱紧你。"

一曲歌毕，夏慕雪朝着观众欠了欠身，然后款款走进了后台。孟烨在大厅门口附近选了一个座位，点了杯柠檬冰水，他想在这里等夏慕雪出来。

夏慕雪卸完妆，收拾好东西，正准备下班回家，忽然一个满头银发的青年推开门走了进来。屋子里的人见到他都连忙喊袁哥，他叫袁念君，是这个酒吧里看场子的混混。

"你们都出去。"袁念君淡淡地说道。

等到除夏慕雪之外的人都离开了房间，袁念君立刻眉开眼笑地对她说道："慕雪，你刚才唱得真好听，虽然不及原唱深情，但你的歌声里却有一股青春的活力，平分秋色。"

夏慕雪只是礼貌性地笑了一下，并没有说什么，袁念君接着柔声说道："慕雪，从见到你的第一眼，我就深深地爱上了你，能给我一个机会吗？我保证会一辈子对你好。"说完，他变戏法似的从身后拿出了一束玫瑰花，期待地看着夏慕雪。

"袁念君，我不是已经告诉过你了吗？我们不合适，感情是不能勉强的。"夏慕雪语气平缓地说完，就要开门出去。

袁念君一把抓住了夏慕雪的胳膊，依然不死心地说道："慕雪，感情是可以培养的，你现在不喜欢我，没关系，我以后都不提这件事了，我会用行动证明我是真的爱你，就从今晚开始，以后我每天都送你回家。"说完，他就伸手去拿夏慕雪的背包，夏慕雪自然不会给他，袁念君稍一用力，背包里的书本哗啦一声掉到了地上。

"慕雪，我真不是故意的，诶？这是什么？"袁念君从地上捡起了一张信纸。

"还给我！"夏慕雪说着就想要把信纸抢回来，袁念君转过身，仔细一看，正是孟烨写给夏慕雪的《寒蝉赋》。

袁念君脸色铁青地看着夏慕雪，声音略微有些颤抖地质问道："这个叫孟烨的杂种是谁？你是不是喜欢他？"

"袁念君，请你语气放尊重一些，你没有必要知道他是谁，我喜不喜欢他也与你无关，把纸还给我。"夏慕雪冷冷地说道。

"呵呵，好，好，与我无关。"袁念君突然把信纸撕成了碎片，"还给你！"说完，他把手里的碎纸屑扬向了夏慕雪。

"你！"夏慕雪没有继续跟他争论，而是转身离开了房间。

孟烨见到夏慕雪急匆匆地朝门口走来，忙站起身迎了上去。

夏慕雪见到突然出现的孟烨，愣了一下，她还没来得及说话，身后就传来了袁念君焦急的呼喊声："慕雪！等等，你听我说……"

袁念君追了过来，见到夏慕雪身旁的孟烨，他也愣了一下，接着面色阴沉地问道："小子，你是谁？"

"够了，袁念君，你到底想要怎么样？"夏慕雪气恼地说道。

"我叫孟烨。"孟烨镇定地答道，然后缓缓地把夏慕雪拉到了自己身后。

"你就是孟烨？也不怎么样嘛，我警告你，以后离慕雪远点。"袁念君狠狠地威胁道。

"我是慕雪的男朋友，应该离她远点的人是你才对。"孟烨不急不躁地回答。

"你放屁！慕雪说她没有男朋友。"袁念君用手指着孟烨，情绪激动地喊道。

就在此时，夏慕雪忽然挽住了孟烨的手臂，她看着袁念君，一字一句地说道："从现在开始，我就是他的女朋友了。"

"哈哈哈哈！好！好得很！滚！都给我滚！不要让我再见到你们这对狗男女！"袁念君气极反笑，他红着眼睛恶狠狠地咆哮道。

见到两人牵着手离了酒吧，即使是在嘈杂的酒吧里，袁念君也清楚地听见了自己心碎的声音……

第七章 此情可待 空留余恨

从酒吧出来后，两人沿着马路漫无目的地走着，路上的行人稀稀落落。孟烨牵着夏慕雪的手一直没有松开，一路上谁都没有说话，路灯从侧面把他们俩的影子拉得斜长，并重叠在一起，仿佛是一对热恋中的情侣，女孩紧紧地依偎在男孩的怀里。

孟烨忽然对命运充满了感激，虽然他从小就被父母抛弃，但上天却在此时给他送来了夏慕雪，这一刻的温暖足以驱散他这十九年来所经受的寒冷。孟烨希望这条路永远没有终点，就这样一直牵着夏慕雪的手走下去，直至时间的尽头。

"你傻笑什么呢？"耳边传来夏慕雪清脆的声音，孟烨连忙收起笑容，支支吾吾地回道："哦，没什么，我只是觉得今晚的月亮格外圆。"

夏慕雪抬起头仔细地看了看月亮，感慨道："今人不见古时月，今月曾经照古人。古往今来，也不知这轮明月见证了多少悲欢离合，如果它是一名女子，定会阅尽人世间的所有忧伤，从此不再陷于儿女情长。"

孟烨深情地凝望着夏慕雪俏丽的脸颊，笑着打趣道："那也未必，正所谓月有阴晴圆缺，当云遮月影之际，它也错过了不少爱恨情仇，如果它当真化作一名女子，只怕还是会有流不尽的伤心泪。"

夏慕雪俏皮地瞪了孟烨一眼，含情脉脉地接着说道："数不尽的痴男怨女曾在这轮明月下祈求能与所爱之人白头偕老，可如愿者又有几何，或许是它听烦了吧，无论有情人是否能终成眷属，总会先让他们历经磨难，所以我们还是不要再去叨扰它了。"

"也对，广寒宫里的那位仙子独守空闺多年，难免会妒忌人世间的长相厮守，对月亮许愿岂不是故意惹她恼怒？"孟烨笑嘻嘻地打趣道。

"咯咯咯咯，"夏慕雪笑得弯下了腰。孟烨接着问道："慕雪，那你说，以后不叨扰月亮叨扰谁去啊？"

夏慕雪憧憬着问道："你听说过七星连珠吗？"

"当太阳、月亮以及金木水火土这五大行星之间的张角小于三十度时，会大致排列在一条直线上，被称为七星连珠。"孟烨回答道。

夏慕雪接着悠悠地说道："七星连珠平均七十七年出

现一次，如果彼此相爱之人能在这样罕见的天象现世时许下同心之愿，让它作为爱情的见证，那该是件多么浪漫的事情啊。距离下一次七星连珠出现，还有十年。"言罢，她满怀期待地望着孟烨。

见到夏慕雪期待的眼神，孟烨的心都快融化了，他认真地说道："等到那时，我们一起向这连成一串的七颗星许愿，愿我们永结同心，永不分离。"

言罢，孟烨抬起头看着半空中的那轮明月，心中暗暗想到：嫦娥仙子，我还是要感谢你，感谢你今晚见证了我们的爱，希望你能祝福我和慕雪永远幸福快乐地在一起。

第二天，孟烨第一时间把这个喜讯分享给了邬为念，并且由衷地感谢他和他女朋友佳佳的帮助。孟烨慨叹道："得君为友，天下无双。"

邬为念擂了他胸口一拳，故作不屑地笑道："矫情！"

晚上放学时，由于担心袁念君还会骚扰夏慕雪，孟烨决定送她回家，两人一路有说有笑地来到了夏慕雪家楼下。

忽然从巷子里走出来几个人，为首的正是袁念君！

孟烨把夏慕雪护到身后，大声地喝问道："袁念君！你想干什么？"

袁念君并没有答话，只听他说了声"动手"，他身边的几个小混混就掏出砍刀冲向了孟烨。

孟烨并无打斗经验，双拳尚且难敌四手，更何况对方手中还持有砍刀，只一个照面，他就被砍倒在地，浑身是血。

夏慕雪哭着跑到袁念君面前，哀求道："袁念君，我求求你，快让他们住手，我什么都答应你。"

"你真的什么都答应我？"袁念君阴恻恻地问道。

夏慕雪一边抽泣一边拼命地点头。

"都给我住手！"袁念君忽然大喝一声道。

几个小混混闻声便停了下来，只见孟烨倒在血泊中，白色的衣服都被鲜血染成了红色，他死死地瞪着袁念君，一边喘着粗气一边狠狠地说道："袁念君，是个爷们就别为难慕雪，你让她走！有什么冲我来！"

"好哇，死到临头还逞英雄，给我把他的手剁下来，哎哟！"袁念君话还没有说完突然感到裆部传来一阵剧痛，夏慕雪踢完他后趁机夺过了他手里的砍刀，并架在了他的脖子上。

"你们放他走，不然我就杀了袁念君！孟烨！你快跑啊，不要管我，求求你快点跑！"夏慕雪声嘶力竭地哭喊道。

那一刻，孟烨恨极了自己为何没有万夫莫敌之勇，保护不了所爱之人，纵使才高八斗又有何用，真乃百无一用是书生。孟烨真想用这条命跟他们拼了，但他明白，如果他真的那样做了，非但枉送了性命，而且救不了夏慕雪。

孟烨死死地咬住牙，从地上挣扎着爬了起来，用尽余力跟跄地跑向了远方。

"哈哈哈哈，看到没有？夏慕雪，这就是你喜欢的男人！"袁念君有些癫狂地大笑道，他突然一挥手，只听咣当一声，夏慕雪手中的砍刀掉到了地上……

夜已深了，附近的店铺都已经打烊，即使偶尔出现几个行人，见到孟烨浑身是血的模样，也会远远地躲开，过往的出租车更是避之不及地加速驶离，孟烨寻求不到任何帮助，这一刻，仿佛全世界都抛弃了他……

等警察赶到时，只发现了衣衫不整的夏慕雪，袁念君他们早已消失无踪……

三天后，岭城市医院。

孟烨从昏迷中醒了过来，他的意识刚刚清醒一些，就猛地从病床上坐了起来，身上的伤口被牵扯得阵阵剧痛，他挣扎着想要走出房间，可刚一离开病床，就被插在右手上的输液管又拽了回去，孟烨粗暴地把针头拔掉，一小股鲜血溅射在雪白的床单上。

就在这时，郐为念提着水壶走了进来，他见到孟烨狼狈的模样，又惊又喜地说道："烨子，你总算醒了！"

邬为念连忙放下水壶，快步走到孟烨身边，连拉带按地把他强行扶回到了病床上。

孟烨刚一见到邬为念就焦急地问道："为念，慕雪怎么样了？你快告诉我慕雪她到底怎么样了？"

"唉，烨子，你现在主要的任务是把自己照顾好，等你康复了……"邬为念叹了一口气，想要把话题转移开。

孟烨一把抓住他胸前的衣服，红着眼睛，近乎咆哮地问道："我问你夏慕雪怎么样了！回答我！"

"烨子，你先不要激动，夏慕雪她……她……"看着孟烨憔悴的样子，邬为念无论如何也说不出夏慕雪的情况，他怕说了以后孟烨会受不了打击而崩溃。

可邬为念的欲言又止显然已经给出了答案，孟烨紧紧地闭上了眼睛，可泪水还是汹涌地漫了出来，他忽突然口吐鲜血，急火攻心，再次昏迷了过去……

插画师：UsFR

第八章 佳人蒙冤 君子落寇

孟烨这一昏迷就是半个月，在这期间，发生了让他做梦也想象不到的事情。

警察顺利地逮捕了袁念君等人，由于证据确凿，他们侮辱夏慕雪的犯罪行为已被证实，只等法院作出最终宣判，就能将他们送进监狱。

可令夏慕雪万万没想到的是，在法庭之上，袁念君等人竟当庭翻供，拒不认罪，反而一口咬定是夏慕雪为了钱而自愿和他们发生关系，事后由于双方在金额支付上发生了争执，夏慕雪怀恨在心所以才报警。

被告方辩护律师更是指出不久前夏慕雪的父亲在酒吧闹事，因无力赔偿而面临牢狱之灾，夏慕雪不得不去酒吧工作还债，以及后来她父亲胃出血住院等事情，证明了她最近确实急需用钱。袁念君的家里颇有势力，暗地运作，最终只以故意伤害罪判他们入狱两年了事。

夏慕雪在法庭上听到袁念君等人对自己的恶意诋毁，

气得浑身颤抖，她声嘶力竭地拼命辩解，却被诬成是恼羞成怒的无理取闹。

夏慕雪可怜又无助，她多么希望这只是一场噩梦，等到梦醒了，就会没事了。当法官宣布判决结果时，她就像是一朵本已饱经风霜的娇花又落入了严寒之中，愈加地枯萎了。

袁念君怔怔地看着夏慕雪失魂落魄的模样，他非但没有一丝报复后的快感，反而心里如刀扎一样地疼。他是真心地爱着夏慕雪，他甚至不止一次地幻想过，如果夏慕雪同意做他的女朋友，那么他以后不会继续在社会上混，而是做一些正当生意，努力让夏慕雪过上好日子，可孟烨的出现彻底击碎了这个幻想的泡沫，让他在极度的愤恨与绝望之中做出了难以挽回的事情。

人心虽有千万相，却也无非善恶两类。当求爱而不得时，若是良善之人，纵然伤心至极也会知难而退，从此把这份爱藏在心底，直到岁月的尘沙把它彻底掩埋，不留一丝痕迹。而奸恶之辈则会由爱生恨，把滔天的怒火沿着已经枯萎了的情丝烧向曾经的心上之人，玉石俱焚，凌辱对方的骄傲，践踏对方的尊严，就算自己不能占有，也绝不会让别人得到；既然不能携手天长地久，那就让此恨绵绵，长留心头。

夏慕雪的案件在岭城市引起了广泛关注，不明真相的人们都以为她和她母亲一样，是金玉其外败絮其中。正所谓三人成虎，就连夏慕雪的父亲也听信了谣言，认定她不顾廉耻，伤风败俗，狠狠地毒打了她一顿，把这些年强压在心底的对她母亲的怨恨全部发泄在了她身上。

不仅如此，夏慕雪的父亲受此刺激，极度憎恨自己的贫穷，他竟然用房产做抵押，借了一大笔高利贷去地下赌场赌博，仅仅几天就输了个精光。

夏慕雪和她父亲离开了这座城市，没有人知道他们去了哪里。这一次，夏慕雪是真的从孟烨的生活中消失了，不留一丝踪迹。

孟烨终于醒了过来，他在枕边发现了一封信，是夏慕雪留下的。他小心翼翼地拆开信封，只看见了五个娟秀的小字："勿念，忘了我。"其中的一个"念"字，被已经干涸了的泪迹模糊得不是十分清楚，仿佛在诉说着执笔之人心中的凄苦……

孟烨疯了似的在校园里见人就问知不知道夏慕雪去了，得不到答案就拽住人家不肯松手，又哭又喊，癫狂的状态甚是可怕，就像一条拦路的疯狗，以至于校园里的学生只要望见他就会远远地躲开。

邬为念见到自己最好的朋友这样痛苦，他的心里也是很难受，可他又不知道应该做些什么，所以只好一直跟在孟烨的身后。每当孟烨发疯的时候，邬为念就一边拼命地拉住他，一边不停地跟被他骚扰的学生道歉，所以才没闹出大的乱子。

直到孟烨真的确定了，学校里的确没有人知道夏慕雪的下落，他才停止了这疯癫的行为。

可是袁念君已经入狱，孟烨无处发泄心中的愤恨，所以他就逃课去了袁念君的地盘上闹事。

孟烨只身来到了岭城市的电玩城，这里之前一直是袁念君的据点。他疯了似的冲到里面就开始乱砸一通，一边砸一边哭喊着大骂袁念君，吓得来玩游戏机的人都跑了出去。

就在孟烨破坏着电玩城里的娱乐设施时，一个高大壮硕，留着潇洒长发的男子迈着悠闲的步伐走了进来，他抬了抬手，阻止了身后一群手持铁棍，想要教训一下孟烨的混混们，饶有兴致地看着又哭又骂的孟烨打砸，就像在看一场独角戏。

良久，孟烨筋疲力尽地跪倒在地上，可能是由于砸得太过用力，他的双手被划得鲜血淋漓，他一边喘着粗气，一边还用嘶哑的嗓音低吼着："袁念君，你这个畜生，我要宰了你！我一定要宰了你！"

长发男子踩着满地的碎玻璃缓步走到孟烨身前，哼了一声，不屑地讥讽道："你现在真应该撒泡尿好好照照你那可怜的样子，都不需要我动手，你自己就倒下了。我是高老大，你现在连让我揍你的资格都没有，快滚，别在这恶心我。如果不服气，随时可以来找我，不过下一次，我会打断你的腿。"他一边说着，一边用力地拍了拍孟烨的脸。

高老大的话让孟烨感到了莫大的屈辱，此时此刻他只觉得自己就像是一个滑稽的小丑，如果现在站在自己面前的就是袁念君，他也会这样羞辱自己吧。

孟烨挣扎着站起身来，拨开看热闹的人群，步履蹒跚地离开了电玩城。

"我要变强！"此时孟烨心里只有这一个念头。

从这以后，孟烨仿佛变成了另外一个人。用邬为念的话来形容，他眼中那种能带给别人宁静的光芒消失了。

孟烨开始整天的逃课，在校里校外寻衅滋事，打架斗殴，邬为念每次见到他，都会发现他的身上又新增了一些伤痕，苦心劝他却总是换来不屑的冷笑。孟烨从一个谦谦君子变得好勇斗狠，邬为念觉得他越来越陌生，这个曾经的挚友已经和自己越走越远了……

期末考试前夕的一个晚上，邬为念强拉着孟烨来到了操场。

　　孟烨甩开了邬为念拉扯自己的手，不慌不忙地点燃了一支香烟，深吸一口，淡淡地问道："说吧，找我什么事？"

　　邬为念见到他这副吊儿郎当的样子，强压住心中的火气，语重心长地说道："烨子，校方已经对你打架的事做出通报批评，还记了大过处分，再这样闹下去，你会亲手毁了你自己的！你难道真的不想要前途了吗？"

　　孟烨咧了咧嘴，仿佛听到了什么可笑的事情，他随手扔掉烟头，竟然转身离开了。

　　邬为念再也抑制不住胸中奔涌的情绪，他朝着孟烨的背影声嘶力竭地骂道："不就是一个娘们吗？我真瞧不起你！孟烨！你给我滚回来！"

　　孟烨闻声停住了脚步，他又点燃了一支香烟，大口地吸完后，头也没回地离开了。

　　"抱歉，为念，之所以故意疏远你，是因为我已经选择了要走这条路，不能连累你，你要加倍努力，也算上我那一份。"孟烨在心中对邬为念说道。

　　泪水模糊了邬为念的视线，因为他知道，从这一刻起，他已经开始失去这个曾被他无比珍视的朋友了……

　　孟烨非但没有听从邬为念的劝告，反而打架的次数更加频繁。最终，校方做出了开除孟烨的决定，离校那天，邬为念和几名关系不错的同学一起给他送行，邬为念一路上泪流不止，哽咽得连话都说不出来，竟仿佛是生离死别一般……

一年后。

在过去的这一年里，孟烨疯了似的学习格斗，他训练的目的只有一个，就是要学会如何能够以一敌众，他发誓绝不会再被任何人打倒，所以他打架的招式异常凌厉，动作也十分灵活。孟烨打架时的样子，就像是离了弦的箭、过了河的卒，他打出的每一拳，都如刺刀般锋利，甚至不惜折断刀尖，哪怕只剩下刀柄也要戳得对方头破血流，暴烈而残酷。

孟烨凭借着搏命式的打架作风，成了校园周边一带远近闻名的狠人。谁都知道孟烨打架最厉害，是绝对不能够招惹的人。正所谓物以类聚，人以群分，孟烨身边聚集了一群敢打敢拼的人，都是些唯恐天下不乱的好战分子。

在别人眼里，孟烨的处事风格强硬得令人害怕，可没人知道，每当黑夜来临，他就会蜷缩成一团，抱紧双臂，冷汗直流。噩梦中袁念君那狰狞的嘴脸以及夏慕雪那绝望的眼神，折磨得他精力憔悴。等挨到天亮了，孟烨又会若无其事地继续去扮演他的大哥角色。

这天，孟烨等人又聚在了一起。

"烨哥，华子被高老大抢了，别人怕他，咱们不能就这么认怂啊。"魏子文愤愤不平地对孟烨说道。

"呵——不要冲动，高老大不是小角色，就算要打也得先制订好计划。"曲政斜靠在大树上，打了一个哈欠，懒洋洋地说道。

"嘿嘿，还制订计划，用不用再写篇论文啊。"王沨甩了甩长发，笑嘻嘻地嘲讽道。

"你挤对谁呢？嗯？"曲政突然扑向王沨，两人扭打在了一起。

"行了行了，还没打高老大呢就先内讧了，你们俩能不能不闹了。"魏子文的孪生弟弟魏子武皱着眉头说道。

魏子武接着认真地对孟烨分析道："烨哥，高老大明知道华子是跟着你混的，还敢动手抢，依我看，他这次明摆着就是冲着咱们来的。"

听完众人的话，孟烨吐了一个烟圈，用拇指把烟头的火星按灭，淡淡地说道："这段时间严打，你们几个消停点，明天我自己去找高老大，行了，都散了吧。"

言罢，孟烨挥了挥手，不等众人说话，径自离开了……

第九章 往事浮沉

　　孟烨走后，众人也都骂骂咧咧地相继离开了，他们并没有劝阻孟烨，因为他们知道，既然孟烨已经做出了决定，就不会再更改。

　　魏氏两兄弟并没有走远，他俩来到操场前的主席台上，这里很清静，适合谈话。

　　魏子文蹲坐在台上，点燃了一支香烟，深吸一口，眯着眼睛对弟弟说道："老二，有什么想法说来听听。"

　　魏子武闻言龇了龇牙，有些无奈地说道："高老大要是就这么让烨哥把钱拿回来，他以后也不用再混了，我看明天烨哥得吃亏。"

　　魏子文瞪了他一眼，语气不善地说道："废话，烨哥再能打也不是赵子龙，能万军丛中取敌将首级，你就不能说点有用的？"

　　魏子武的眼珠子滴溜溜地转了转，狡黠地问道："难不成你想今晚就把高老大给办了？"

"得嘞，你小子总算说到点子上了。"魏子文弹掉烟头，站了起来。

"看来你是要玩真的了。"魏子武淡淡地说道。

"怎么，你怕了？"魏子文轻蔑地笑道。

"呵呵，不用激我，你明知道我是不会怕的，只不过这件事得好好谋划一下，等高老大落单的时候再动手。"魏子武神态自若地说道。

"老二，爷们就得有爷们的担当，别人也就算了，咱俩可是还欠着烨哥一个人情没还呢，一定不能让他出事。再说了，搞定了高老大，咱俩可就扬名了，烨哥也得高看咱俩一眼。"魏子文严肃地说道。

"嘿嘿，走，先去踩踩盘子，到时候打他个措手不及，正所谓打虎亲兄弟，高老大手底下的小喽啰再多也没有用，他一个人还能比老虎更凶猛？"言罢，魏子武咧开嘴笑了一下，他笑的方式很特别，两排整齐的牙齿紧紧地咬合在一起，就像是一匹野狼露出了獠牙……

魏氏兄弟欠孟烨的这个人情还得从两个月前说起……

那是一个阳光明媚的下午，魏氏兄弟在外面闲逛，他俩逛着逛着就来到了广场，两人特意找了个热闹的地方坐下，一边闲聊一边嗑着瓜子。

"呸，老大，你看那边什么情况？"魏子武吐掉瓜子皮，指着前方问道。

"围了这么多人，看样子是要打架，走，去瞧瞧热闹。"魏子文起身向人群走去。

两人走到近前才发现，原来是一群小流氓围住了一个女孩，领头的那人手臂上文了一条青蛇，正在对女孩纠缠不休，还不时地对她动手动脚。

魏子武拨开围观的群众，大声地喊道："喂喂喂，从哪蹦出这么多只癞蛤蟆，想吃天鹅肉也得有个先来后到，这姑娘是我们哥俩先看上的，赶紧滚蛋，否则小心我把你们打成蝌蚪！"

领头的那个流氓转过身来，面色不善地打量了一下魏氏兄弟，恶狠狠地说道："你们两个小兔崽子，真是找死！"

怒容满面的魏子文刚要冲过去，旁边的魏子武一把拉住了他，并对他眨了眨眼睛。

魏子武忽然露出笑脸，双手抱拳，对领头的那个流氓说道："哎哟，我还以为是谁呢，这位老大，你不记得我们哥俩啦，就上次打那个谁，我们哥俩还去帮手了，你当时站在最前面，我俩就在你身后，你再仔细想想。"

领头的流氓皱起眉头想了想，不确定地问道："上周在仿古街，你们俩是浩哥的人？"

魏子武连忙说道："可不是嘛，上次两伙人混战，你没注意到我俩也是正常，哎哟，这可真是大水冲了龙王庙，一家人不认识一家人啊。"说着就乐癫癫地朝他走了过去，魏子文紧随其后。

正所谓伸手不打笑脸人，流氓头子强挤出了点笑容，迎上去准备和魏氏兄弟握手。

魏子武嬉皮笑脸地刚握住流氓头子的手，突然发力扭住了他的腕部关节，流氓头子还没来得及呼喊出声，旁边的魏子文就一拳打在他的脸上，直接把他打翻在地，哥俩一击得手，转身就跑，反应过来的一众流氓气急败坏地追了上去。

魏氏兄弟并非真的要跑，他俩只是为了把这群流氓引到远处，以免打起架来会波及那个女孩。

兄弟俩跑出了二十几米，突然同时回头出拳，追在前头的两个流氓躲闪不及，迎面撞在了他俩的拳头上。

魏子文低头躲过一个流氓从侧面打过来的拳头，随后敏捷地抱住了那个流氓的一条腿，接着肩膀斜着用力一顶，抵住他的身体撞向了后面冲过来的流氓，魏子武紧紧跟在兄长身后，两人毫不畏惧地同十几个流氓展开了搏斗。

打架其实和斗狗一样，比的是气势强弱，而非个头大小，谁的气势更强，谁就更有可能获胜，传说最凶猛的守山犬甚至能与虎豹搏斗。中国有句老话叫作：一人拼命，十人难挡。

魏氏兄弟的身材并不高大，与这些流氓相比还显得有些瘦小，可若论打架的气势，魏子文犹如下山的猛虎，魏子武好似饥饿的豺狼，那些流氓不过是仗着人多势众，外强中干。

兄弟两人虽然在激烈地打斗中受伤不轻，却丝毫不落下风，反而越战越勇，尤其是魏子文，他在人群中灵活地闪转腾挪，找准时机，出手狠辣，专挑喉结、鼻梁骨、裆部这些脆弱的部位下手，打得一众流氓惨叫不断，可毕竟对方人数众多，哥俩渐渐有些体力不支。

就在魏氏兄弟和一群流氓打斗的时候，那个被调戏的女孩并没有惊恐地逃离，而是急切地向围观的群众寻求援助，就在这时，孟烨出现了。

孟烨在远处就发现了这里的混乱，他听见女孩的求援声，来到近前，弄清楚了状况。此时的孟烨最见不得这种仗势欺人，尤其是欺辱女孩的事情，他眯起有些泛红的眼睛，全身肌肉紧绷，如同离弦的箭一般朝着远处混战的人群冲了过去。

孟烨冲到混战的人群前，突然一跃而起，飞身空中时屈膝压腿，如同一柄巨大的战斧劈向了一众流氓。处在外围的一个流氓在他猛烈的撞击下又砸向了其他的流氓，既惊且怒的流氓们慌忙转过头来围攻孟烨。

孟烨不断地扭腰抡肘，时而出脚猛蹬，如同一个惯性巨大的陀螺在人群中旋转驰骋。常言道，宁挨十拳，不挨一肘。孟烨肘过如刀，这些流氓真是擦着就伤，挨着就倒，离他最近的几个流氓被打得眼泪直流，一时间分不清敌我，退也退不出去，只好胡乱出手，竟跟同伙撕打起来。

突然间冒出孟烨这么个狠人，魏氏兄弟的压力骤减，他俩又凭空生出了几分力气，狞笑着朝还没有倒下的流氓扑了过去……

这次斗殴事件以孟烨与魏氏兄弟的胜利而告终，在场的十几个流氓竟无一人还能够站立起来。几乎在一夜之间，孟烨的勇猛与魏氏兄弟的无畏就传遍了城市的大街小巷，并且在流传的过程中被讲述者添油加醋地描绘成了一个精彩的传奇，不过，这都是以后的事情了……

孟烨拽住流氓头子的衣服，把他从地上拖了起来，拍了拍他的脸，一字一顿地说道："听好了，我叫孟烨，以后别让我再见到你，否则见你一次打你一次。"

"这位大哥，多谢你出手相助，我们哥俩欠你一个人情。"鼻青脸肿的魏子武双手抱拳对孟烨说道。

"烨哥！怎么我们几个才晚到一会儿，就错过了这么场好戏呀！"曲政带着王汭、华子等人从远处跑过来，气喘吁吁地说道。

"诶？烨哥，你的鞋呢？哈哈哈……"曲政指着孟烨赤着的一只脚笑道。

"还不快帮我找！"

"哈哈哈，哎哟，笑得我脸上的伤好疼。"

"哈哈哈，嘶……"

"找到你的鞋了，烨哥，下次记得事先把鞋带系紧再动手啊，哈哈哈……"

那个被调戏的女孩也跑了过来，对孟烨等人感激地说道："谢谢你们，我叫薛婉卿，是岭城大学的学生。"

曲政连忙说道："不用客气，见义勇为的事我们干得多了，不过救了像你这么漂亮的女孩还是头一次。哦对了，我叫曲政，没穿鞋那个叫孟烨，是我们老大。"

薛婉卿好似没有听见曲政的话，她只是脸色绯红地注视着孟烨……

第十章 江湖传说

高老大名叫高震云，两年前在岭城横空出世，无论单挑还是打群架，未尝一败，威名赫赫，是新生代古惑仔里无出其右的"领军人物"。

然而，高老大真正令人畏惧的并非只是他那彪悍的战绩，更多的是关于他的一个传闻，没有人知道这个传闻源自何人之口，也没有人能够证明它的真实性，但它却让高老大的威名震慑整个岭城市。

传说高老大在中学时由于打架被学校开除后，就跟着他一个有些江湖背景的叔叔出去闯荡，从此和家里断了联系，直到三年后只身回到岭城，办了一件令人侧目的大事。

这件事还得从一位当地的名流周逢春说起。

周逢春早年间靠着房地产生意，积累了丰厚的资产。他为人豪爽，每当身边的朋友遇到困难时，总是能仗义疏财，正所谓财散人聚，周逢春的身边凝聚了一群能为他出生入死的兄弟，他也逐渐成了岭城市响当当的人物。

　　有一次，周逢春到澳门做生意，不慎中了一伙人的圈套。不仅带去的资金全被骗光了，还被威胁签下了巨额的欠条。双方约好还款的日期，地点就定在岭城市。

　　常言道，杀人偿命，欠债还钱，天经地义。但周逢春并不打算还债，可他明白，对方不会善罢甘休，这件事总得有个了断，所以他把当地声名显赫的大佬都请来给自己助威，摆下龙门阵，想要震慑一下前来收债的人，让对方知难而退，正所谓强龙不压地头蛇。

　　双方约定的日子很快就到了，周逢春聚集了上百人等候在一个酒店里，气氛凝重。可出乎所有人意料的是，对方派来收债的人竟然只是一个还不足二十岁的青年。

　　这个青年神采飞扬地问候了一下周逢春等人，他好像不是来收债的，而是前来相会许久未见的老朋友。只见他双手抱拳，面带微笑地对众人说道：

　　"各位老大，我叫小高。怎么着，瞧今天这阵势，周大哥是没准备让我把钱带回去喽？没关系，您的地盘您说了算，不过小弟得奉劝您一句话，这债呢，您是赖不掉的，多欠一天就得多还一天的利息，到头来吃亏的还是您自己，何必呢。"他边说边从怀里掏出了一把十分精致的匕首，刀柄上雕刻了一个栩栩如生的鹰首。

　　见到小高掏出了匕首，周逢春身边的弟兄呼啦一下全围了上去，那气势仿佛下一刻就要把他大卸八块。

周逢春笑眯眯地说道："年轻人，你真有胆量，单枪匹马就敢来我这撒野，老子今天就教教你应该怎么夹着尾巴做人。"

小高突然放肆地狂笑起来，笑声里充满了不屑，在场的所有人都诧异地看着他，不知他为何突然发笑。

小高大声地对周逢春嘲讽道："周大哥，你有这么多弟兄在身边，还怕我会伤到你？大家不用紧张，这把刀是给我自己准备的！"他说着就撩开了自己的上衣。

众人不知小高意欲何为，只听他接着说道："周大哥，我也不跟你兜圈子了，实话告诉你，我就是来打先锋、当炮灰的，我来的时候，老板交代了，周大哥你也是有头有脸的人物，不会这么轻易就认怂，只要周大哥你给句痛快话，说这笔钱我肯定是带不走了，那你欠的债就从此一笔勾销，我今天把命留下，给你留个念想，我是从这里走出去的，也算是落叶归根，总比空手回去，不得好死强，不过我死不要紧，只怕到时候活债成了死债……"

周逢春脸色铁青地盯着小高，看了看他顶在自己肚子上的匕首，忽然冷笑一声，轻蔑地对他说道："哼！小兔崽子，你当老子是吓大的？在老子面前要狠，你还嫩了点，好，你不是不怕死吗，你就给老子死一个瞧瞧，千万别认怂，扫了我这些弟兄们的兴致。"

众人也都跟着起哄，叫嚣着让他赶紧动手。小高脸上的笑容更深了，他死死地盯住周逢春，刀尖在腹部变换了几个位置后，缓慢而坚决地刺进了自己的身体。随着鲜血从小高的身体中溅射出来，大厅里突然变得鸦雀无声，与刚刚的喧哗形成了强烈的对比。

猩红的血从小高咧开的嘴角溢了出来，可他依然面带微笑地注视着周逢春，他的眼神中并没有垂死时的不甘与绝望，而是满含着对周逢春的嘲笑与怜悯，显得极其诡异。

巨大的恐惧瞬间笼罩了在场的所有人，他们并非担心小高会死亡，而是害怕小高死后可能会给他们带来的灭顶之灾，周逢春在怔住片刻后，猛地冲过去捂住了小高的伤口，呼喊着让手下叫救护车……

周逢春焦急地守候在急救室的门口，他身上的衣服已经被汗水浸透了。周逢春浑身不住地颤抖，小高对自己生命漠视的态度让他认识到了事情的严重性，对方绝不是在吓唬他，如果小高真的死在这里，后果将不堪设想。

急诊室的门开了，主治医生走出来问了一句："谁是患者家属？"

周逢春连忙答道："我是，我是，医生，他怎么样了？他不会，不会……"

"不用担心，患者没有生命危险，幸亏刀没捅到要害，要是再偏一点伤到脾脏，那可就说不准了。"医生严肃地说道。

"没死就好，没死就好……"周逢春一边喘着粗气，一边自言自语道。

事后，周逢春凑足了钱让小高带了回去，从此淡出江湖。

传说这个小高就是如今的高老大。

不过，不管这个传闻是真是假，魏氏兄弟都无所畏惧，哥俩已经准备对高老大动手了……

第十一章 街头喋血

当晚，魏氏兄弟打听到高老大的住处，来到了他家所在的小区，埋伏起来。

夜深了，高老大独自一人回到了小区，步伐有些踉跄，看样子是喝醉了。

魏氏兄弟相视一笑，真是瞌睡来了有人递枕头，看来高老大今晚是在劫难逃了。兄弟俩并没有立即现身，而是等到高老大摇摇晃晃地走进了楼道后，才一前一后快步跟了进去。

跑在前面的魏子文刚蹿进楼道，突然间硬生生地停住了脚步，跟在后面的魏子武来不及反应，一头撞在了他身上。

身材魁梧的高老大犹如一座山峰般耸立在魏氏兄弟前方不远处，正似笑非笑地看着他俩，哪还有一丝醉态。不仅如此，从高老大身后又迅速冒出了几个混混，自以为是猎人的魏氏兄弟此时反倒成了猎物。

"撤！"

魏子文疾呼一声，兄弟俩敏捷地从楼道里蹿了出去，他俩刚一出来就被十几个混混围了起来。

"等你们好久了，原以为孟烨是个角色，没想到他自己不敢来，却派你们两个过来送死。"高老大缓步从楼道里走出来，略显失望地说道。

魏子文冷笑着回道："嘿嘿，高震云，虽然我们哥俩栽了，不过烨哥并不知道今晚的事，你别得意得太早。"

魏子武接着说道："高老大，听说你打架从来没输过，我不服你，有种咱俩比划比划，你敢不敢？"

"哈哈哈哈！"听到这话，高老大忽然仰天大笑起来，笑罢，他轻轻地摇了摇头，接着说道："好哇，不过跟我打有个规矩，输的人得留下一只手，我怕你输不起！"

"我跟你打！谁输谁赢还不一定呢！"魏子文狠狠地说道。

"好，那我就成全你！不过这里不合适，咱们换个地方。"言罢，高老大带头离开了小区，一群混混把魏氏兄弟围在了中间。

当一行人路过一个小巷的时候，魏氏兄弟相互使了一个眼色，突然撞开了挡在小巷一侧的两个混混，飞身朝小巷冲了过去。

哥俩刚冲进小巷，魏子文突然回身挡住了追赶过来的混混，朝着魏子武大声喊道："你快走！"

魏子文只抵挡了片刻就被按倒在地，一众混混刚想要继续追赶魏子武，高老大忽然低吼道："别追了！让他去找孟烨！"

两个钟头后，孟烨带着魏子武、曲政、王汎、华子等人来到了岭城市的电玩城，这里是高老大的地盘。

深夜的街头有一群混混正在等候着他们，为首的是一个身材颀长消瘦，留着寸头的青年，他是高老大手下的田英东。

"你就是孟烨？"田英东沉声问道。

"没错，我兄弟在哪？"孟烨反问道。

田英东盯着孟烨，指了指身后，狠狠地说道："听说你小子挺能打，那就先打赢了我，否则今晚你跟你兄弟得一起被抬走！"

孟烨没有搭话，他眯起眼睛重新审视了一番田英东，缓缓地走上前去。

田英东突然朝孟烨冲了过来，猛的一个转身侧踢袭向孟烨胸口，孟烨连忙架起双臂格挡，可田英东这一脚的力度实在太大，孟烨被踢得不住后退，田英东紧跟过来，趁着孟烨后退之势未消，抡起胳膊重重地砸出一拳，击向孟烨头部，孟烨抵住他的拳头顺势一滚，卸去了力道。

田英东攻势不减，蹿过来用膝盖猛烈地撞向孟烨，孟烨迅速起身，右脚剧烈蹬地，身子向左拧转，抢出右肘迎击，挡住田英东的大腿后，孟烨改用左脚蹬地，腰部回拧，向上甩出左肘，猛地击中了田英东的下颚，田英东轰然倒地。

在倒地的一瞬间，田英东的双脚突然夹住了孟烨的左腿，随即迅速向左侧翻滚，孟烨躲闪不及，被绊倒在地，两人抱作一团在地上扭打起来。半晌，他俩撕扯着站起身来，田英东一记重拳狠狠地打在了孟烨的脸上，孟烨死死地咬紧牙龈，硬抗住这一拳，用尽余下的力气甩出右肘，猛地击中了田英东的鼻梁骨，田英东仰面倒地，晕了过去。

孟烨一边喘着粗气一边用轻微颤抖的右手把嘴角的血迹擦干，然后带着一众弟兄走进了电玩城。

高老大端坐在电玩城大厅的中央，身前摆着一张小桌子，桌子上放有两瓶啤酒。屋子里黑压压一片，只见魏子文被吊在大厅的横梁上，遍体鳞伤。

高老大见到孟烨等人走了进来，哈哈一笑，一边轻轻地鼓掌一边说道："不错，你小子果然有点本事！我今天也不为难你，给你两条路，就看你怎么选了！"

言罢，高老大拿出一沓钞票放在面前的桌子上，然后又掏出一把精美的匕首，刀柄处赫然雕有一个栩栩如生的鹰首！

"先把我兄弟放下来！"孟烨盯着高老大，从牙缝里蹦出一句话。

高老大冲着手下点点头，一个混混把魏子文放了下来，他接着对孟烨说道："过来坐！"

孟烨来到桌子前，却没有坐下，只是眯着眼睛盯着高老大。

高老大笑了笑，朗声说道："正所谓不打不相识，咱俩干了这两瓶酒！你和你的弟兄以后都跟我混，怎么样？"言罢，他抬起手指了指桌子上的两瓶啤酒。

"啪嚓，啪嚓！"孟烨突然挥臂把桌上的两瓶酒扫到了地上。

"我们道不同，这条路行不通！"孟烨冷冷地说道。

高老大脸上的笑意更浓了，他缓缓站起身来，用右手拔出了匕首，左手按住桌子，盯着孟烨，狠狠地说道："既然如此，就让我瞧瞧你究竟有多大的胆子。桌上这钱是从你身后那位弟兄身上拿来的，如果你今天能从我这把刀下把钱拿走，从此以后我们井水不犯河水；但你要是拿不走，那这钱就当是你这个月交的保护费了，而且以后每个月都不能少于这个数，怎么样，敢不敢来拿！"

"高震云！你别欺人太甚，你真以为你能只手遮天？你以前的那些破事吓唬吓唬小孩子还行，我可不吃你这一套！"重伤的魏子文突然暴喝一声，怒容满面地吼道。

曲政接着说道："高老大，今晚的事情闹翻了对谁都没有好处，你别太过分了，做人留一线，日后好相见！"

高老大仿佛没有听到他俩的话，只是似笑非笑地盯着孟烨，尽显嘲弄之色。

"好，一言为定。"孟烨淡淡地说道。

言罢，孟烨的右手缓慢而坚决地伸向了桌上的钞票，众人的心也随之悬了起来，当孟烨的右手触碰到钞票的那一刻，高老大猛地把匕首刺了下去，这一刀刺得没留丝毫余地，直接刺穿了孟烨的右手，连同钞票一起钉在了桌面上，孟烨仿佛早就预料到了这个结果，连眉头都没有皱一下。

见到这一幕，魏氏兄弟、曲政、王沨等人皆怒发冲冠，叫骂着就要冲过来，而高老大一方的人也毫不示弱，就在冲突即将爆发的时候，孟烨突然大喊一声："都别动！"

众人皆是一愣，孟烨接着说道："你们都别插手，这是我们两个人的事。"言罢，孟烨迅速伸出左手去抢夺匕首，高老大也随即挥起左臂，他并没有阻拦孟烨，而是重重地拍向刀柄，匕首在骤然施加的压力之下竟穿透了桌面，刀槽里血流如注。

就在两人僵持之时，孟烨突然飞起一脚直奔高老大面部，高老大急忙抽回左手格挡，孟烨在抬腿的同时，也迅速抽回左手，紧紧握住桌子的一条腿，借助蹬力顺势把桌子抬走了，此时他的右手依然被匕首牢牢地钉在桌子上。

孟烨高举着桌子，盯着对面的高老大，冷笑了两声，沉声说道："高震云，钱我拿到了，放人！"

"哈哈哈！好！你小子果然够狠！带着你的弟兄走吧！这把刀就送给你了！咱们山水有相逢！"高老大朗声笑道。

就在此时，从远处传来了刺耳的警笛声……

第十二章 七星贯日

自从在那场关于梦想的辩论赛上见到孟烨后，那个阳光开朗、才思敏捷的大男孩就触动了薛婉卿的心弦，可她却一直把这份爱意深藏在心底。

在此之后，关于孟烨的负面消息源源不断地传来，薛婉卿惊异于那个温润如玉的男孩竟会变得如此不堪，所以她总是情不自禁地追寻着孟烨的身影，想要探寻他身上的故事。

薛婉卿听说孟烨经常出现在广场，于是她只要得空就会去广场附近闲逛。

两个月前，当薛婉卿在广场被流氓骚扰，孟烨英勇地出现在她的面前时，她忽然间感觉孟烨已经从那个阳光的大男孩蜕变成了刚毅的男子汉，从前的他令她钦慕，现在的他让她有一种可以依赖甚至是值得托付终身的安全感。

这两个月以来，薛婉卿经过无数次激烈的思想斗争后，终于决定对孟烨表露心意。可就在她找到孟烨，刚刚拿出情书的时候，魏子武突然出现了，急切地拉着孟烨前去营救他的兄长。

薛婉卿偷偷地跟随在他们身后，在看到孟烨惨胜田英东，接着走进了电玩城后，由于她极度担心孟烨的安危，情急之下报了警……

薛婉卿跟随着警察走进了电玩城，当她看到孟烨被钉在桌子上的鲜血淋淋的右手时，她的心中突然感到无比的恐惧，之前孟烨带给她的那种安全感顷刻间荡然无存，她甚至有些庆幸还没来得及对孟烨表达出爱意。

此刻的她终于明白，她爱慕的始终是记忆中那个如同春风般温暖的大男孩，此时的薛婉卿竟产生了一种背叛爱情的愧疚感，她只想尽快逃离这里……

也许孟烨永远都不会知道，夏慕雪对他造成的影响，竟然会波及薛婉卿——曾经有那么一个女孩，在他毫不知情的情况下与他共同经历了一段刻骨铭心的血色浪漫。

孟烨等人由于聚众闹事，被刑事警告。高老大因为蓄意伤人，被关进了看守所，据说他刑满释放后离开了岭城市，不知去向……

孟烨对夏慕雪深切的思念与对自己强烈的怨恨所交织而成的梦魇让他夜不能眠，痛苦不堪，他需要寻找一种方式来宣泄这种痛苦。于是，孟烨开始了他的拳手生涯，并遇到了他的经纪人阿超，之后孟烨就这样浑浑噩噩的一直持续到了现在……

当一个人沉浸在悲伤的回忆中时，泪水从悄然溢出，直至干涸，自己甚至不会发现它曾在脸颊上滑落过，就像在炙热的沙漠里突如其来的一阵雨，过后了无痕。

孟烨缓缓地睁开了有些泛红的双眼，起身活动了一下筋骨，然后走出了更衣室。

等候在门口的阿超见到孟烨走出来，急忙上前对他低声说道："阿烨，我没想到你这次的对手竟会是拳王大博，他是从康巴训练营里出来的顶尖高手，已经连胜了四十九场，阿烨，地下竞技场的拳王非同小可，你……千万不要逞强，不管怎么样，活下去才是最重要的！"

闻听此话，孟烨深吸了一口气，再缓缓地呼出，他非但没有一丝一毫的压迫感，反而彻底放轻松了。孟烨咧了咧嘴角，拍了拍阿超的肩膀，声音嘶哑地说道："超哥，这些年，麻烦你了。"随后决绝地走向了格斗场地。

擂台设置在室外的花园里，今天的天气格外晴朗，天空中竟然连一朵云彩也没有。

孟烨打量着不远处一个身穿黑色格斗服、猿臂蜂腰的中年男人，他的皮肤呈古铜色，把身上隆起的肌肉映衬得如同岩石一般坚硬，只见他气定神闲，举手投足间散发出一股难以掩饰的强大自信。

仿佛觉察到了孟烨的目光，大博扭头看了他一眼，孟烨只觉得心脏剧烈地抽搐了一下，感觉自己就像是一只被猎豹盯住了的羚羊，其危险程度远超以往遇到过的任何对手。

观众们都已就座，孟烨与大博来到擂台中央，地下拳赛没有裁判，也没有任何限制动作，直到一方倒下或者投降为止。

铃声响起的一刹那，孟烨猛地朝大博冲了过去，他以左拳护住头部，侧着身子抡出右肘，向大博面部袭去。

大博却只是轻描淡写地抬起左脚踢向孟烨右肋，孟烨随即转攻为守，顺势提起右膝迎向大博的侧踢，这套动作攻守兼备，爆发力惊人，既能抢占先机，又可以后发制敌。

可大博这看似随意的一脚竟蕴含着难以置信的力量，孟烨的膝盖被巨大的力量反震回来，使他的身体失去了平衡。趁着孟烨站立不稳，大博身子一拧，闪电般甩出右腿，如同巨鞭一样猛地抽中了孟烨的脸颊，孟烨被抽得在原地转了两圈才倒下，连嘴里咬的护齿套都甩飞了，双方实力竟悬殊至此！

　　大博刚要转身离去，孟烨忽然挣扎着站起身来，他摇了摇还在发晕的头，吐出一口带血的唾沫，摇摇晃晃地对大博招了招手。

　　大博皱了皱眉，刚要有所行动，忽然听见会馆的总经理邬为念大喊道："博师傅，手下留情！"

　　大博不置可否，他缓步走到孟烨身前，突然拧身甩腿横扫向孟烨胸口，孟烨勉强架起双臂格挡，他只觉得自己仿佛被一辆高速行驶的汽车迎面撞到，整个人倒飞了出去。

　　孟烨躺在地上咳出了一口鲜血，双臂已经完全失去了知觉，他以头点地作为支撑，弓起身子，只凭腰部发力，颤颤巍巍地再次站了起来。

　　"烨子！够了！别再跟自己过不去了！你会没命的！"邬为念焦急地朝着孟烨大喊道。

　　大博的眉头皱得更深了，他的眼中流露出一丝杀意，孟烨的顽强已经彻底触怒了他，于是他噌的一下朝孟烨蹿了过去。

　　就在此刻，丽日蓝天之际，夜幕突然降临，众星显现，鸟飞犬吠。

　　太阳被月球遮掩住，呈现出一个银光环绕的黑色圆盘状剪影，金木水火土五大行星连同月球与太阳排成了一条直线，七曜济济一堂，近若咫尺，斗丽争辉。

七星连珠之日竟然发生日全食，真乃百年不遇的奇丽景象。

孟烨眯着眼睛呆呆地凝望着天空中的异象，脑海中闪过曾经和夏慕雪在一起时的美好片段，喃喃地默念道："慕雪，你为什么要弃我而去，你难道忘记我们的约定了吗，我真的好想你……"随后，他只觉得眼前一道白光闪过，伴随着头部的一阵剧痛，昏死了过去……

第十三章 陌路重逢

嗅到空气中弥漫着的淡淡消毒水味道，孟烨知道自己依然活着，他缓缓地睁开眼睛，想要坐起身来，却觉得身体非常僵硬，竟使不上一丝力气。

这时，门外忽然传来了谈话的声音，孟烨费力地扭头看去。

"唉，小雪那孩子可真是痴情，都已经两年了，还没放弃，不知道究竟要耗到什么时候，看着怪可怜的。"护士长一边对身旁年轻的护士说着，一边推开了病房的门。

两人刚走进房间，护士长下意识地看向躺在病床上的孟烨，而孟烨此时正好也在看着她，四目交接之际，一旁的年轻护士惊喜地尖叫了一声，手舞足蹈地跑到孟烨身前，兴奋地喊道："我的天啊！太好了！你终于醒了！慕雪姐姐终于盼到这一天了！我现在就把这个喜讯通知她！"说完，她不顾孟烨惊愕的表情，连蹦带跳地跑了出去。

虽然这个护士的话让孟烨觉得莫名其妙，可是"慕雪"

两个字他却听得非常清晰，他的心脏不可抑制地剧烈跳动起来，呼吸也变得异常急促。

孟烨瞪大眼睛盯着护士长，小心翼翼地问道："请问，她刚刚说的是……夏慕雪？"

护士长笑眯眯地答道："是啊，是夏慕雪，她可真是个难得的好姑娘，也不知道是你几辈子修来的福气，让人家对你这样死心塌地，你能苏醒过来真是医学上的奇迹，可能是你们俩的爱情感动了上苍吧……"

闻听此话，孟烨只觉得一道电流瞬间贯穿了全身，耳畔嗡嗡作响，大脑一片空白，整个人仿佛凝固住了。

过了好一会儿，孟烨才在护士长急切地呼叫声中回过神来。

"孟烨！孟烨！哎哟，你可吓死我啦，我还以为你又陷入昏迷了呢，记住，以你现在的状态情绪不能过于激动。"护士长担忧地说道。

这一切，究竟是怎么回事啊……

孟烨只记得自己在比赛中被拳王击晕，昏迷之前还看到了七星连珠的异象，刚刚从她俩的谈话中听到，自己已经整整昏睡了两年，并且这两年来慕雪一直在照顾自己，这……太难以置信了！

孟烨在惊喜之余也隐隐地感到了些许不安，因为这些年的坎坷经历让他明白了一个道理 —— 突如其来的幸福总是会在暗中贴好标签。

孟烨张了张嘴，想要询问些什么，可一时竟无从问起。见到他茫然的样子，护士长柔声说道："我知道你有很多问题想问，但你现在应该好好休息，不要多想，有什么事情以后再说。"

孟烨点了点头，缓缓地闭上双眼，静静地等待命运给出的答案⋯⋯

大概过了半个钟头，一个衣着考究的中年男人走进了孟烨的房间，这个人文质彬彬，显得十分儒雅，他来到孟烨的病床前，轻声问道："孟烨先生，冒昧打扰，请问您现在方便吗？"

孟烨缓缓地睁开眼睛，疑惑地看着他，儒雅的男人接着说道："孟烨先生，我是一名报社记者，名叫张文犀，自从两年前您为了保护夏慕雪小姐，舍命与歹徒搏斗而陷入昏迷后，我就一直在关注您，时刻祈盼您能早日苏醒。并不仅仅是因为我敬佩您的勇敢，更重要的是希望通过采访您，把您身上的这种正能量传递给社会，这也是身为一名记者义不容辞的职责。"

张文犀的话让孟烨越发迷惑了，他明明是因为在地下竞技场里被拳王重伤而失去意识，可这个记者却说他是为了保护夏慕雪才陷入昏迷。

为了解开心中的疑惑，孟烨对张文犀说道："抱歉，我现在记忆有些混乱，你能简单给我讲一遍事情的经过吗？"

张文犀微笑着答道："当然可以，那就让我帮您回顾一下事情的经过，这还得从两年前说起。两年前您还是岭城大学的学生，有一天放学后，您送夏慕雪小姐回家，在她家楼下遇到了几个持刀的流氓，领头的人叫袁念君，他们想要强行带走夏慕雪小姐，而您为了保护她，以命相搏，死战不退，虽然您最后成功地保护了她，但由于失血过多而陷入了失血性休克。

"事后，袁念君等人均受到了法律的制裁，而夏慕雪小姐为了能够照顾您，毅然选择了退学，为了维持您的康复费用，她每天最少要做三份工作，一直持续到了今天。你们的故事感动了整个岭城市，我刚一听说您苏醒过来，就立刻赶到了，想要第一时间对您进行采访。"

听到夏慕雪为自己付出了这么多，孟烨的眼眶不由地湿润了，他此时的心情极度复杂，既为夏慕雪的平安无事而欣喜，又为她含辛茹苦的生活而心疼。虽然没能解开心中的疑惑，但此时此刻，真相已经不重要了，孟烨只祈盼能够早点见到夏慕雪……

孟烨又与张文犀交谈了大概半个钟头，只听走廊里传来了一阵急促的脚步声，房间的门忽然被人用力推开了。

孟烨呆呆地凝望着眼前的佳人，汹涌的泪水顷刻间洒满了衣襟。夏慕雪的模样依然那么美丽，只是容颜有些许的憔悴，却令她显得更加楚楚动人。

在这一刻，如同拨云见日一般，缠绕孟烨多年的暴戾之气竟刹那间烟消云散，他又变回了当初那个温润如玉的阳光大男孩。

夏慕雪疾步来到孟烨的病床前，跪坐在他身旁，轻轻抓起他的右手贴在自己的脸颊上，泪眼婆娑地凝望着他，哽咽得说不出话来。她那明媚如夏花般绚烂的脸颊上浸满了泪水，犹如雨过桃花，分外娇艳，惹人怜爱。

张文犀知趣地离开了房间，留下这对历经磨难的情侣单独相处。

"慕雪，我……以为这辈子再也见不到你了。"孟烨轻声说道，仿佛认为这只是一场不能惊扰的美梦。

"我早就知道，你一定会醒过来的，你不会抛下我不管的。"夏慕雪翘起嘴角，得意扬扬地说道，如同一位打了胜仗的女将军。

孟烨刚想要说点什么，夏慕雪忽然抬起手，轻轻地用食指抵住了他的嘴唇，嫣然一笑，柔声说道："你没醒过来的时候，我每天都会来这里，就这样趴在你的胸口，静静地听着你的心跳声，你相信吗？我能从你的心跳声中听出你想要对我说的话，所以呢，你现在什么都不用说，因为，这些话，我早已听过无数遍了。"说着说着，夏慕雪习惯性地把头靠在了孟烨的胸口，她闭上眼睛，嘴角露出了幸福而满足的微笑。

孟烨轻轻地抚摸着夏慕雪柔顺的长发，两人刚相爱的时候，他发誓要像疼爱女儿一样疼爱夏慕雪，可此时此刻，他竟发现自己对夏慕雪是如此的依恋，他感受到一种从未体会过的母亲般的温暖。

孟烨多么希望时间能够永远停在这一刻，也许，此时拥有在某种程度上就代表了天长地久。人类的生命，不能以时间长短来衡量，当心中充满爱时，刹那即为永恒！

第十四章 心如凝火

晨曦的微光透过窗纱散落在房间里，把过往的岁月映照得如同被封存在了琥珀中，依稀有些泛黄的不真实感。

孟烨醒得很早，十年来，他第一次睡得如此安稳。他深情地凝望着伏在床边，还在熟睡中的夏慕雪，柔声说道："慕雪，还记得十年前月明星稀的那个夜晚吗？对不起，我没有听你的话，还是偷偷地对嫦娥仙子许愿了，结果和你预料的一样，她当真给我们设置了考验，不过，相信我，从今以后，我再也不会让你离开我了。"

熟睡中的夏慕雪嘴角微微上扬，展露出幸福而甜美的笑容，仿佛在梦中回应着他的情话……

孟烨的身体机能恢复得很快，在夏慕雪的陪同下，仅仅做了四天的康复训练，就可以自由活动了，医生们无不感叹这爱情的魔力。

孟烨逐渐接受了这个与记忆中完全不符的现实，与其说是不可抗拒地被动接受，倒不如说是欣喜若狂的满足，因为他已经完全沉浸在与夏慕雪重逢的喜悦中，无暇他顾。

这是一个阳光明媚、微风轻扬的日子，孟烨与夏慕雪牵着手在医院附近漫步，当两人有说有笑地路过广场时，忽然被一群人拦住了去路。

"你就是孟烨吧，我叫宋立仁，听说你出院了，我替袁念君来问候你。"领头的那人阴恻恻地说道。

闻听此言，夏慕雪担心尚未完全康复的孟烨再度受到伤害，冷冷地对来人说道："袁念君还在为他的所作所为而服刑，你们难道也想像他一样吗，请你们让开。"

"哟，夏小姐是吧，果然是个美人，难怪袁兄弟会栽在你手上，过来让我好好瞧瞧。"说着，宋立仁就伸出手拉扯夏慕雪，只见他的手臂上纹着一条吐信的青蛇。

孟烨默不作声地把夏慕雪拉到身后，猛地一拳打在了宋立仁的脸上，可这一拳的威力比他预料中弱了许多，仅仅使宋立仁的身形晃了晃，并没有倒地。

宋立仁骤然挨了这一拳后，勃然大怒，叫骂着与孟烨扭打在了一起，孟烨由于长年卧床，身体机能还没有完全恢复，身形显得有些笨重，只能被动地防御，竟毫无还手之力。

就在此时，忽然从人群中传来了一阵略带戏谑的骂声。

"你们这群杂碎，都够煮一碗杂碎面了，敢来我的地盘撒野，活得不耐烦了吗？！"

话音刚落，那群流氓如同接到了指令一般，竟齐刷刷地停了下来，望向来者的眼神中满是忌惮。

只见一个中等身材的卷发青年从人群中缓步踱出，正似笑非笑地看着他们。

孟烨眯着被打肿的眼睛一瞧，这个卷发青年不是魏子武吗！此时的魏子武虽然样貌与孟烨记忆中相差无二，可是气质却截然不同。

眼前的魏子武沉稳内敛，整个人如同一把深藏鞘中的利剑，虽锋芒未露，却寒意瘆人。

"哟！是武二爷呀，什么风把您吹来了，怎么，您认识这小子？"宋立仁讪笑着对魏子武问道。

魏子武一言不发，只是目光阴冷地盯着宋立仁，仿佛一条蓄势待发的毒蛇。

宋立仁尴尬地笑了笑，双手抱拳，接着对魏子武说道："二爷，是浩哥派我们来的，要是就这么算了，恐怕没法向浩哥交代呀。这小子要是和您没关系，不看僧面看佛面，您就当给浩哥个面子，别插手这事，改天我们请您吃饭，您看成不？"

魏子武咧开嘴角笑了笑，微微仰起头，眯着眼睛，低声笑道："好啊，回去告诉浩子，就说这次我给他个面子，饶了你们的狗命，滚吧！"

宋立仁闻言，脸上讨好的笑容霎时僵住了，他身边一个年轻的混混狠狠地说道："老大，他现在就一个人，不如咱们今天连他一起收拾了！"

宋立仁脸色一变，叹息道："连高佬都折在魏家兄弟手上了，不要乱来！"随即带着手下悻悻地离开了，连一句狠话都没敢留下。

魏子武来到孟烨身前，嘿嘿笑了两声，朗声说道："不错，是条汉子，可惜你不是道上的人，双拳终究难敌四手，快点走吧，我想他们以后不会再找你麻烦了。"

言罢，魏子武刚转过身想要离开，孟烨忽然没来由地问了句："你哥还好吗？"

魏子武止住身形，稍稍转过头，讶异地皱了皱眉，喃喃道："魏子文常说，出来混，一步都不能退，只要退了一步，就会有无数人来踩你，所以，他跟高佬赌命，至死都没退过一步，可惜最后还是让高佬逃了，哦对了，你不是道上的人，不认识高佬，不过已经无所谓了……"

魏子武的话令孟烨震惊不已，他刚想要追问，忽然下意识地看了看身边的夏慕雪，此时的她，正在心疼地看着自己。

孟烨缓缓地回过头，什么都没有说，只是目送着魏子武离开了，心中默念道："别了，兄弟！"

夏慕雪担忧的目光让孟烨感到了无比的愧疚，一股深深的无力感在他的心底蔓延开来。如今的自己，能够拿什么来保护她，就算打得过那几个流氓，又能如何？难道再次冒着昏迷的风险，让夏慕雪独自面对生活的苦楚吗？这一刻，孟烨恨极了自己的无能。

夏慕雪同样读懂了孟烨的眼神，孟烨眼中那种对自己的憎恨，跟她父亲一模一样。的确，从某种程度来讲，他们同样无力守护住爱人，而这恰恰是一个男人绝对无法接受的事实，这股憎恨的火焰，会焚尽所有对生活的勇气与希望，唯留下懦弱与颓废化成的灰烬，把生命笼罩得黯淡无光。

夏慕雪明白，她的这份爱越深，孟烨所要承担的责任就越重，她需要给孟烨足够的时间去成长与接受。

夏慕雪忽然拍了拍孟烨的肩膀，郑重其事地说道："孟烨同学，鉴于你刚刚的英勇表现，从现在开始，你可以正式追求我啦，不过，追求我可不太容易，你要努力哟。"

孟烨神情复杂地凝望着夏慕雪，他何尝不明白她的良苦用心，自己一直想要守护的爱人，其实一直在默默地守护着自己。

爱情是如此奇妙，有时会让人变得极度懦弱，有时又会给予人无穷的勇气。此时此刻，孟烨的心中只感到无比的宁静与祥和。他轻轻地抚摸着夏慕雪的脸颊，柔声说道：

"慕雪，经过了这么多年才发现，其实我的心性似火，可火无定形，一丁点的风吹草动都能让它摇曳得明暗不定。

"有时能散发温暖，有时却爆裂伤人；有时会为不小心灼伤了的飞蛾而内疚，有时却想把这个世界化为灰烬；有时一丝细雨就会令它熄灭，有时它却能一瞬间烧红半边天；我也希望它能如日中天，可它却总与萤火为伍。

"有时我想，就让它这样随风飘摇算了，哪怕就算彻底熄灭又能如何，可每次想到这里，它都要毫不留情地烧掉我的快乐、我的希望，只剩满腔的恨。

"直至今日，我都控制不了我自己，甚至分不清自己到底是好人还是坏人，因此，和你分别的这些年来，我伤害过许多人，做错过很多事。

"不过，从现在开始，我要努力引导它安静、稳定地燃烧，一点一点地积蓄火种，不敢奢望终有一日会带给这个世界光与热，但祈盼能让我身边的人感到温暖，尤其是你。"

夏慕雪猛地扑进了孟烨怀里，呜呜地哭了起来，这一刻，她终于可以卸下坚强的伪装，尽情地释放自己多年来的心酸与委屈，因为她知道，从今以后，孟烨将会成为她生命中最坚实的依靠。

人有生老三千疾

唯有相思不可医

插画师：wkrily

第十五章 如梦似幻

睡梦中的孟烨恍惚间感到一阵眩晕，身子轻飘飘的仿佛一片在空中盘旋的落叶。

他疑惑地睁开双眼，惊惧地发现自己竟然正在一个狭长的隧道中坠落，前方是夏慕雪逐渐远去的背影。

孟烨大声地呼唤着她的名字，夏慕雪忽然转过身，与孟烨四目交接的一瞬间，她的身影竟如同破碎了的镜子般裂成了无数片，散落的碎片把孟烨坠落中的隧道拼成了一个旋转的万花筒，映射出两人过往的一幕幕，这神奇又震撼的一幕让孟烨惊呆了。

"慕雪！"

孟烨大喊着夏慕雪的名字，猛地睁开了双眼。

原来，又做噩梦了啊。

"唉……烨子，没想到，已经过了这么多年，你还是没能忘记她。"

耳边忽然传来了熟悉的话语声，孟烨下意识地扭头看去，刚刚说话的人，竟是邬为念。

"为念，你来看我啦，不必担心，这些年来，慕雪把我照顾得很好。对了，慕雪呢，她刚刚还睡在这里的。"

孟烨好像还没有从刚才的噩梦中醒过神来，全然没有听清楚邬为念说的话。

邬为念怔怔地看着孟烨，声音有些颤抖地问道："烨子，你怎么了？我一直守在这里，哪有什么慕雪，是不是博师傅的拳太重了？医生！医生！孟烨醒了，你们快点过来瞧瞧！"

孟烨刚想要争辩，可他只是大张着嘴，却说不出一句话来。此时此刻，与夏慕雪重逢后的种种疑惑如同潮水般涌上了心头，随着浪潮愈来愈汹涌，巨大的悲伤如同海啸般顷刻间淹没了他所有的思绪。

现实与梦境的巨大落差让孟烨的神经就像一根被反复弯折后的铁丝，已经处于崩断的边缘。

不明所以的邬为念按住孟烨的肩膀，劝慰道："烨子，我听阿超讲了些你的事，我知道你心里难受，但你也不能这样折磨自己呀，我想慕雪她也一定不希望看到你变得这么颓废。"

孟烨惨然一笑，摆了摆手，对邬为念说道："为念，我没事，谢谢你来看我，抱歉，我现在情绪有些激动，想一个人待会儿。"

邬为念还想再说点什么，可他看到孟烨那空洞的眼神，到了嘴边的话又硬生生地咽了下去，他长叹口气，离开了病房。

孟烨就这样安静地躺在病床上，无思无念，剧烈的情绪波动仿佛已经耗尽了他最后一丝精力，连难过的力气都没有了。

也不知过了多久，处于半睡半醒状态下的孟烨忽然觉得灯光有些刺眼，晃得眼前白茫茫一片，他下意识地伸出手遮挡，同时侧过脸避开光线，勉强地睁开了眼睛。

就在孟烨睁眼的瞬间，他的心脏倏地抽搐了一下，他用力揉了揉眼睛，难以置信地盯着伏在床边之人。

孟烨此时紧张得连呼吸都停止了，因为那人竟是夏慕雪！

这究竟是怎么回事？！

孟烨甚至怀疑是不是由于他思念夏慕雪过度，以致精神出了问题。

可眼前的夏慕雪是那么的真实，她平稳的呼吸节奏、微微颤动的睫毛，以及嘴角不时泛起的微笑，都让孟烨能够真切地感受到，这一刻，自己是拥有她的。

如果这是一场梦，孟烨希望自己永远都不要醒。

此时此刻，他多么想紧紧地把夏慕雪拥入怀中，可他却害怕惊扰了美梦，这一切又会顷刻间烟消云散。无论是否在梦里，孟烨的神经已经脆弱得再也经不起任何刺激了。

就在孟烨沉浸在自己的迷惑中难以自拔时，忽然间一只纤柔的手掌轻轻地拂上了他的脸颊，温柔地抹去了他眼角的泪水。

"你呀，都这么大的人了，怎么还像个孩子似的爱哭。"

夏慕雪已经睡醒了，正趴在床边，笑吟吟地看着孟烨。

孟烨缓缓抬起手，小心翼翼地覆在了夏慕雪轻抚着自己脸颊的素手上，柔声说道："慕雪，我刚刚做了一个噩梦，在梦里，我没能保护好你，以至于我们分离了好久好久。在没有你的日子里，我每天都浑浑噩噩，如同行尸走肉一般，我好害怕再回到那样的生活中，哪怕是在梦里。慕雪，你能不能告诉我，假如有一天，由于某些原因，你不辞而别了，我要怎样才能找到你？"

夏慕雪用另一只手撑起脑袋，认真地思索了一会儿，轻声说道："假如有一天我真的不辞而别了，那么一定是在我身上发生了可怕的事情，我不能让你的生活也受到波及，相濡以沫，不若相忘于江湖，你若安好，便是那一缕能够驱散我生命中阴霾的最灿烂的阳光。"

"够了！慕雪！别再说了！你这样做，有没有考虑过我的感受？你知不知道，你离开后的每一分、每一秒，我都在承受着巨大的痛苦！相思是这个世界上最恶毒的毒药，它不让我立刻毙命，而是一寸一寸地侵蚀我的血肉，它比凌迟更可怕，因为我想要喊都喊不出声响。慕雪，你这样做太自私了，真的太自私了！"

孟烨突然打断了夏慕雪的话，近乎咆哮似的驳斥着她的想法，因为孟烨真的害怕夏慕雪会再一次不辞而别。

夏慕雪似乎早有预料，并没有太过惊讶，她默默地站起身，依偎在了孟烨怀里，柔声说道："我们不说这些令人难过的话了，好吗？"

孟烨紧紧地抱住夏慕雪，尽量控制住自己激动的情绪，哽咽着说道："对不起，慕雪，我吓到你了，对不起，对不起。"

此时此刻，孟烨对自己所处空间的真实性感到了极度的怀疑，他不确定眼前的一切究竟是不是虚幻的，如果这真的只是一场梦，那么为何刚刚见完邬为念后，自己又会重新回到与夏慕雪相伴的梦中，难道梦境还能延续？

孟烨努力回想着与夏慕雪重逢后的点点滴滴，这些天里发生的事情皆历历在目，并没有什么不妥之处。

直到他醒来后的第五天夜里，做了那个在奇异的万花筒中坠落的梦后，惊醒之际见到了守在床边的邬为念，然后他好像又迷迷糊糊地睡着了，不知睡了多久，忽然被一道强烈的白光刺得眼睛生疼，再次醒来后，夏慕雪就又回到了他身边。

对了！就是那道白光！孟烨记起了在他和拳王大博激战的最后关头，突然天生异象，也是一道白光淹没了他的意识，当他苏醒后，就来到了这个与他记忆中事物进展完全不相符的世界里，最重要的是，在这个世界里，有一直守候着他的夏慕雪。

孟烨必须要弄清楚这究竟是怎么一回事，否则，他感觉自己随时都可能会发疯！

插画师：vintage 九色鹿

第十六章 彼岸之花

孟烨彻底失眠了。

他害怕一旦自己不小心睡着了，就会永远离开这个有夏慕雪陪伴着的世界。

每天夜里，等到夏慕雪睡着后，孟烨就那么呆呆地看着她，眼神中带着无尽的眷恋，仿佛要把她的模样永远印在脑海中。

就这样过了四天，孟烨实在撑不住了，终于沉沉地睡了过去。

由于严重的睡眠不足，孟烨这一觉直睡到了日上三竿才醒，夏慕雪此时应该去上班了，他迷迷糊糊地看到床边有一个熟悉的身影。

当孟烨看清眼前之人的样貌后，他猛的一个激灵从床上蹿了下来，因为这人竟是邬为念！

邬为念还没来得及开口说话，就被情绪激动的孟烨一把抓住了衣领。

"不对！时间不对！你今天不应该出现的，才过了四天，你应该明天出现才对！"

孟烨癫狂的表现让邬为念有些发蒙，他缓缓握住孟烨抓着自己衣领的双手，关切地问道："烨子，你这是怎么了，你冷静点，我是为念呀。"

孟烨全身止不住地颤抖，失魂落魄地喃喃自语道："我知道你是为念，谢谢你来看我，可你来了，慕雪就得走了！"

邬为念用双手扶住孟烨的肩膀，疑惑地问道："什么叫我来了慕雪就得走了，她刚刚不是去上班了吗？无论我来与不来她不都是要去上班的吗？"

孟烨怔了一下，急忙问道："你说你刚刚见到了慕雪？你是哪个邬为念？从哪里来的？"

"我是哪个邬为念？你还认识哪个邬为念？我听说你小子醒了，就立刻请假回来看你了呀。"邬为念疑惑地回答道。

闻听此话，孟烨的眼中重新绽放出了光芒，他拍了拍邬为念的肩膀，长出了一口气，咧开嘴角笑道："为念呀，来之前怎么也不先打声招呼，你可真是吓死我了！"

"一惊一乍的，你小子刚才也差点吓死我！"

两人随即畅快地大笑起来，尽情地释放着彼此心中难以言表的喜悦与激动。

邬为念突然止住了笑声，用力地抱住了孟烨，沉声说道：
"烨子，欢迎回来！"

第五天的夜晚，似乎格外寒冷。

孟烨紧紧地抱着夏慕雪，把脸埋在她的发丛中，贪婪
地嗅着她身上散发出的淡淡幽香。

"慕雪，我小的时候，只要一睡不着觉，孤儿院里的
曹阿姨就会抱着我，轻轻地哼歌给我听，自从离开那里后，
已经好久好久都没有人给我哼过歌了。"言罢，孟烨亲昵
地用下巴蹭了蹭夏慕雪的头。

"唉，真是个可怜的孩子。"

夏慕雪抬起手揉了揉孟烨的脸颊，随后温柔地把他的
头搂在了怀里，轻轻地哼起了歌，歌声中流露出淡淡的忧伤，
仿佛在轻声诉说着两人之间哀婉曲折的故事，这种介于欢
快与悲伤之间的情感，最能抚慰人的内心。

伴着夏慕雪的歌声，孟烨缓缓地进入了梦乡，他嘴角
仍带着幸福的微笑，无意识地呢喃着："慕雪，等我回来，
等着我……"

倏！

强烈的坠落感，又一次向孟烨袭来！

孟烨猛地睁开了眼睛。

"烨子，你醒啦，医生说你只是轻微的脑震荡，并不严重，休养一段时间就可以康复了，别担心。"

耳边传来了邬为念的声音，孟烨急忙转过头，死死地盯住了他。此时此刻，孟烨只想知道，眼前之人究竟是哪个邬为念！

邬为念被孟烨瞧得有点心慌，他刚想要说点什么缓和下气氛，孟烨突然从床上跳了起来，一把薅住了他的头发。

"你的头发一夜之间不可能长得这么长！我的猜想是正确的！哈哈哈！为念！我回来了！"

邬为念被孟烨癫狂的举动吓了一跳，他连忙按住孟烨的肩膀，关切地问道："烨子，你这是怎么了，你没事吧？"

经过了最初的兴奋后，孟烨缓缓地松开了薅着邬为念头发的手掌，并用手指为他重新捋顺，大笑着回答道："哈哈哈，为念，我很好，我从来没有像今天这样好过。"

此时此刻，孟烨眼中那喜悦至极的光芒，忽然间让邬为念想起了十年前，在那场辩论赛后，他眼中的光芒也是这样的。

邬为念并不清楚孟烨为何会突然间变得如此开心，但他真心地为孟烨感到高兴，因为自从十年前夏慕雪离开后，他就再也没见到孟烨笑过。

仿佛被孟烨的笑容感染了，邬为念也没心没肺地笑了起来，用这笑声，怀念那逝去的青春与青春里纯真的友谊。

"烨子，欢迎回来。"邬为念真诚地说道。

阿超在得知孟烨苏醒的消息后，也急匆匆地赶了过来。

令阿超意想不到的是，眼前的孟烨，仿佛完全变成了另外一个人。原来的他，满身戾气，眼神中无时无刻不散发出强烈的杀意，冰冷得生人勿近；而此时此刻，孟烨的脸上正洋溢着喜悦的笑容，分明就是一个阳光大男孩的模样。

"这……阿烨，你不会是被博师傅给打傻了吧！"阿超担心地问道。

"阿超，我没事，我只是想明白了一些事情，以后要好好地活下去。"孟烨微笑着对阿超说道。

阿超点了点头，在他看来，孟烨之所以会有如此大的改变，可能是由于在拳王的手下得以幸存后，濒临死亡的恐惧，让他开始珍惜自己的生命。

"阿烨，你能这样想，我真为你感到高兴，你终于走出了自己内心中的阴霾，祝贺你。"阿超欣慰地说道。

"是啊，烨子，过了这么多年，你终于从夏慕雪的事里走出来了。"邬为念接着说道。

闻听此话，孟烨脸上的笑容瞬间凝固了。

自己真的走出来了吗？

在这个世界里，自己并没有和慕雪重逢啊。

她，过得还好吗？

会有人替自己守护她吗？

守护她的人会如自己这般爱惜她吗？

一切，都是未知数。

密密麻麻的疼痛，从孟烨的心底逐渐蔓延开来。

夜，逐渐拉开了帷幕。

夜空中，乌云密布，没有一丝光亮。

孟烨忧心忡忡地望着窗外，毫无睡意。

他担心自己猜中了开头，却猜不对结尾。

夏慕雪还在另一个世界里等着自己醒来，他一定要回去。

命运的钟摆已经进入了倒计时，孟烨闭上眼睛，忐忑地等待着结果。

忽然间，一道闪电划亮了天空，孟烨猛地睁开了眼睛。

窗外的乌云依然浓重，雨点滴答滴答地敲打在玻璃上，每一滴都像是流淌进孟烨心中的泪水。

"为什么我还在这里？！对了，一定是因为我没有睡着，我要睡觉，我要回去找慕雪！"

可他越是焦急，越是难以入眠，孟烨再也无法忍受这种煎熬了，无奈之下，他只好服用了几片安眠药，这才渐渐有了睡意。

恍惚之间，一道皎洁的月光刺透了乌云，如同一柄长矛刺向了孟烨，这道巨大的光柱贯穿了整片天地，令闪电都为之逊色。

对！就是这道光！

孟烨缓缓地睁开了眼睛。

窗外，阳光明媚。

枕边，伊人相伴。

插画师：vintage 九色鹿

第十七章 他山之石

晨曦的光辉，如约而至。

或许是感觉到了额头上温热的鼻息，夏慕雪的睫毛微微颤动了几下，缓缓地睁开了眼睛，眼前的孟烨正面带微笑地看着她。

夏慕雪觉得孟烨今天的笑容有些不同。刚刚认识孟烨的时候，他的笑容是阳光中透露着些许青涩；前些天孟烨苏醒后，他的笑容是惊喜中隐藏着些许不安；而此时，他的笑容，如同从一汪清澈的泉水中映射出来的阳光，只是看着他，就会觉得宁静与安心。

"慕雪，你怎么这样看着我？"见到夏慕雪睁开眼睛后就呆呆地看着自己，孟烨好奇地问道。

"哦，没什么，你今天要出院，我仔细瞧瞧你是不是真的康复了。"夏慕雪红着脸答道。

夏慕雪去办出院手续了，孟烨静静地躺在床上，思索着这些天来发生在他身上的不可思议的事情。

这时门外忽然传来了一阵急促的脚步声，房门砰的一声被推开了。

孟烨直起身，诧异地看着这个慌慌张张闯进来的女孩儿。

女孩儿见到孟烨后，突然冲了过来，一下子抱住了他。

孟烨急忙推开她，惊讶地问道："是你！你怎么会来这？在这个世界里我们应该没有交集才对呀！"

女孩儿没听懂孟烨的话，只是羞涩地笑了笑，脸色绯红地说道："你好，孟烨，我叫薛婉卿，怎么，你认识我？我是慕雪姐姐的朋友，听说你醒了，特意来看看你。我真心地为慕雪姐姐高兴，所以刚刚有些失态，你可不要见怪哦。"

"不，我们并不认识，抱歉，可能是我认错人了，你是慕雪的朋友呀，幸会，她去给我办出院手续了，一会儿就回来。"孟烨笑着说道。

"哦，对了，这是我写给慕雪姐姐的信，麻烦你帮我转交给她，这是女孩子间的秘密，可不要偷看哦，我有事先走了，孟烨，咱们有缘再见。"言罢，不等孟烨挽留，薛婉卿就逃也似的跑了出去。

薛婉卿离开后不久，夏慕雪就回来了。孟烨告诉她，她的朋友薛婉卿刚刚来过，留下一封信后就匆匆忙忙地走了。

夏慕雪接过信，随意地问了一句："她说她是我的朋友吗？"

"呵呵，不是你的朋友，还能是我的不成？"孟烨笑着反问道。

听到孟烨的回答，夏慕雪的思绪不由得回到了两年前，第一次在医院里遇到薛婉卿时的情景。

那天晚上，夏慕雪结束了一天的工作，来医院照顾孟烨的时候，发现有一个女孩子捧着一大束百合花站在孟烨的床边，默默地流着泪。

女孩子见到夏慕雪后，情绪突然变得很激动，她说孟烨是她的挚友，都是因为夏慕雪，孟烨才会遭此横祸，她才会失去这个挚友，她永远都不会原谅夏慕雪。女孩子发泄完，就哭着跑开了。

在此之后，夏慕雪又在医院里见过这个女孩儿几次，只不过，女孩儿看自己的眼神，从一开始的满是敌意，变得越来越柔和。夏慕雪能够感受到女孩儿眼神中对孟烨的爱，因为她非常理解这种源自内心深处的无法掩饰的悸动。

夏慕雪很好奇，薛婉卿留给自己的信里会说些什么。她撕开信封，一字一句地认真读了起来。

"慕雪姐姐：

我真心地向你道歉，对不起，之前对你说了那样的话，因为我当时难过极了，希望你不要介意。

我骗你说孟烨是我的挚友，其实他根本就不认识我。从两年前的那场辩论赛开始，一直以来，都是我一厢情愿的单相思而已，虽然他从来都没有属于过我，但我依然嫉恨你把他夺走了，我多么希望每天陪伴在他身边的人是我。

可是，随着时间的流逝，我竟然羞愧地发现，如果换作是我，要我放弃学业，奔波劳碌之余，还要无微不至地照顾孟烨，每天为他擦洗身子，我不确定我能坚持多久。我对孟烨的爱，在你面前，败得体无完肤，我甚至有一种背叛了爱情的感觉。

但是我也要谢谢你，谢谢你让我看到了爱情本来的模样，或许，命运让我遇到他，并不是要我拥有他，而是让我能够成为更好的自己。不要让孟烨知道，我曾爱过他。由衷地祝福你们。"

孟烨问夏慕雪信里写了什么，夏慕雪只是笑了笑，什么都没说，却忽然抬起手狠狠地在孟烨脸上掐了一下。

看着夏慕雪略带醋意的模样，孟烨的脑袋里像是划过了一道闪电。他突然回想起来，在原来的那个世界中，薛婉卿也曾想要给自己一封信，只不过中途被魏子武的突然到来打断了，而在这个世界里，魏氏兄弟则代替自己去和高老大赌斗。没错，两个世界里的人，都是注定会相遇的，第一个世界里发生过的事，在这个世界里也是注定会发生的，只不过，遇到了同样的人，发生的事却有所变化，这就是两个世界间存在的联系！

想通了这点，孟烨突然大笑着把夏慕雪抱了起来，在原地转了几圈，他边笑边大声地喊道："哈哈，慕雪，上穷碧落下黄泉，我一定会找到你的！我要在两个世界里同时守护你，让你永远幸福快乐，我对月亮发誓！"

夏慕雪只是用奇怪的眼神盯着孟烨，想要再次确认他是不是真的康复了……

出院后，孟烨认真地思考着自己以后的路应该怎样走。虽然，如今的他既没有一技之长，又不懂经商之道，但是，既然已经决定了要让夏慕雪过上好日子，就必须要想出一个可行之道。

孟烨暂时并没有头绪，他找来邬为念，想让学金融的他给出一些建议。

"为念，慕雪整整照顾了我两年，我无法想象，她是怎么熬过来的。每次一想到她为我受过的苦，我的心里就会像针扎一样的疼。从今往后，我不会再让慕雪受一丁点的苦，我不奢求能够给她荣华富贵，但是想让她过上衣食无忧的生活。为念，以你对我的了解，再结合当下的发展形势，你觉得我现在适合做什么？"孟烨边说着，边点燃了一支香烟，递给了邬为念。

邬为念接过香烟，深吸了一口，缓缓说道："烨子，我非常理解你现在的想法，但是想要赚钱并不是只靠勤奋、肯吃苦就可以的。像我们这种毫无背景，既没有人脉又没有资金的人，唯一的出路，就是要具有独特的商业思维，整合各行业资源，只有这样才能发掘出别人注意不到的商机。如果能想出一个绝妙的创意，因势利导，不需要太多的投入，就能够一本万利。唉！要是能未卜先知就好了，看看未来做什么能赚钱……"

说者无心，听者有意。

孟烨忽然笑了起来，他狠狠地拍了邬为念的肩膀一下，朗声笑道："他山之石，可以攻玉，谁说你小子不能未卜先知？"

邬为念闻言一脸茫然……

第十八章 良辰佳话

孟烨为救夏慕雪而重伤昏迷后不久，夏慕雪的父亲就不辞而别了，只给她留下了一封简短的信，说是要去寻找她的母亲，让她好好照顾孟烨，珍惜眼前人，以后忘了这个不称职的父亲。

孟烨出院后顺理成章地搬到了夏慕雪家里住，夏慕雪宛若妻子般体贴入微地伺候着他，孟烨深受感动的同时也终于体会到了梦寐以求的家庭的温馨。

夏慕雪的似水柔情如同春雨般滋养了孟烨干涸已久的心田，就算是百炼钢也化成了绕指柔。情到浓时，两人紧紧地缠绵在一起。初吻之际，夏慕雪还保有些矜持，孟烨也带着几分怜惜，可随着水乳交融良久，深沉的爱恋终于被催化成了浓烈的情欲，孟烨仿佛又回到了比赛场上，变成了疯狂的斗兽，撕咬着怀中这绝美的猎物；而夏慕雪面对孟烨这疾风骤雨般猛烈的亲吻与爱抚，非但毫不躲闪，反而热切逢迎，仿佛一位英勇的女将，执戟操戈，誓要降伏猛兽，巾帼不让须眉。

真可谓：

> 金风逢玉露，银花合火树；
> 箫伴琴瑟起，郎情随妾意；
> 莫道良辰恨晚。
> 如梦似幻嬉人间，春宵一度何慕仙。

欢乐的时光总是如同风中飞沙般易逝。转眼间，五天已经过去了。

虽然已经有过了几次经验，可是到了第五天的夜里，孟烨的心里依然有些忐忑不安。

看着夏慕雪在自己怀里甜甜睡去，孟烨轻轻地攥住了她的手，深吸一口气，缓缓地合上了双眼。

恍惚间，孟烨只觉得身子一轻，这一次，失重的感觉反而让他感到很踏实。

嗅到了空气中弥漫着的消毒水味道，孟烨心中的不安才渐渐散去。他缓缓地睁开眼睛，虽然才离开了片刻，可是眼前这空荡荡的病房让他不禁怀念起入睡前那个充满温馨的家。

孟烨起身活动了一下筋骨，感觉自己的伤势已经恢复得差不多了。他随即去办理了出院手续，然后约邬为念在上次比赛的会馆见面。

邬为念选了一间环境优雅的阁楼，两人一边品茶一边叙旧。

"为念，时光荏苒呐，一晃咱们已经有十年没见过面了，都说士别三日当刮目相看，没想到，你现在竟然经营了规模这么大的一家会馆，真了不起啊！"孟烨喱了一口茶水，赞叹地说道。

邬为念叹了一口气，无奈地说道："唉，别提了，我现在表面上看着是挺风光，可是暗地里的难处却没人知晓，到目前为止，我当年做生意失败所欠的债还没有完全还清呢！"

孟烨正想请教一下邬为念关于做生意方面的事，闻听此话，他连忙说道："哦？你竟有如此遭遇，不妨说来听听。"

邬为念苦笑了一声，继续说道："好，你若是不嫌烦，我就跟你唠叨唠叨。大学毕业几年后，我跟几个朋友一起合伙做生意，当时正好赶上互联网兴起的浪潮，我们就想着怎么利用网络来赚到第一桶金。

"其中有一个合伙人曾经在快递公司做过中层领导，他说快递行业的利润空间是很巨大的，而他正好也有这方面经验，可以尝试一下把互联网与快递业务结合在一起，看看能有什么生财之道。

"我们苦思冥想，不停地做市场调研，不停地提出计划，又不停地否决掉，不是可行性太低，就是风险率太高。最后，我想出了一个计划，得到了大家的一致认可，就是这个计划，让我负债累累，以致跌入了人生的低谷。

"我曾在广告界工作过一段时间，也算有些经验，我就想着，如果把广告、快递这两种跨界的资源进行整合，或许可以发掘出新的商机，然后通过合理地运营操作，把商机的价值发挥到最大，再借助互联网引起资本的关注，最后就能够达到一本万利的效果。

"那个在快递公司工作过的合伙人曾说过，如果快递的数量多到一定程度，那么运送费用是可以有很大折扣的，所以我这个计划主要的盈利模式就是利用快递费用的折扣。

"由于我们的资金并不是很充裕，要尽量节省投入，还要考虑到市场的需求，所以最后我们决定做的产品就是成本最低的女士内衣，并且只有吊带和抹胸这两种款式，也只配有黑白两种颜色。

"我们把内衣的加工厂选在了圳城，因为那里有很多小型的服装加工厂，制作成本极低。随后找快递公司洽谈业务，因为我们前期会有上百万件的快递要运送，所以快递公司很爽快地给我们打了个六折。

"接下来就到了最重要的一个环节，我们找了许多个网站的运营商，告诉他们，为了抢占市场，我们的精品内衣初期只卖一元钱。需要他们在网站上帮我们做宣传广告，而且只要哪家的网站上卖出去一件，我们就给哪家一件的提成。这样一来，网站既有了浏览量，又赚到了钱，当然会非常卖力地帮我们做宣传。

"只不过有一点，我们的内衣虽然几乎等同于赠送，但是全额的运费需要买家自己承担，对于消费者而言，只需二十几块的运费就能获得原价几百元的内衣，不管怎么样，都是很划算的。

"这样算起来，每件内衣的售价和消费者出的全额运费减去生产成本，再减去给网站的提成以及折扣后送货的运费，刨去扣的税，最后剩下的就是每件内衣的纯利润。薄利多销，如果我们可以通过网络卖出去千百万件内衣，那可就发大财了！只可惜，功败垂成，我恨！我恨啊！"

说到这里，邬为念狠狠地灌了一大口茶，撇了撇嘴，叹息道："唉，可惜是茶非酒。"

孟烨提起茶壶，为邬为念把茶续满，追问道："怎么就功败垂成了？"

邬为念苦笑了一声，接着说道："就在我们刚刚加工出来内衣，还没来得及做宣传的时候，竟然发现在各个网站上如同雨后的春笋般突然间冒出了一个内衣品牌，销售方法和我们走的是同样的路线！而且这个时候，屋漏偏逢连夜雨，那些原本已经谈好了的网站纷纷和我们解约，我们贷款做的投资全都赔了进去，公司也宣布破产，由于我是公司的法人，所以承担的责任最大。"

"事有蹊跷，怎么会突然间冒出来一个这样的公司？"孟烨疑惑地问道。

"并非无缘无故，事后我才知道，原来是我们其中的一个合伙人嫌他的股份太少，心有不甘，所以在背后捅了我们一刀，抢先占据了我们的渠道，真是祸起萧墙啊！"

邬为念说完，索性拿起茶壶痛饮起来，宣泄着心中的烦闷。

饮尽了壶里的茶后，邬为念长舒了一口气，畅快地对孟烨笑道："哎呀，烨子，这件事多年来一直憋在我心里，连个诉苦的人都没有，今天跟你说完，真是好受多了，哈哈哈。"

两人相视一笑，碰了一下茶杯，以茶当酒，尽解心中烦恼。

金风逢玉露，银花合火树

箫伴琴瑟起，郎情随妾意

莫道良辰恨晚

如梦似幻嬉人间，春宵一度何慕仙

插画师：wkrily

第十九章 霓裳倩影

孟烨把邬为念讲的这个计划暗暗记在心里，见到此时的邬为念已经释怀，而自己也得到了想要的方案，他话锋一转，随即说道："为念，我今天来找你其实是想拜托你一件事。"

邬为念笑了笑，豪爽地说道："但说无妨，咱们年少相交，情谊难寻，别说一件，就是十件百件也没问题！"

孟烨闻言有感而发，忽然吟诵道："青青子衿，悠悠我心。时不利兮，君归来矣。"

邬为念击掌相和，两人仿佛又回到了惬意的青葱岁月，一晌之欢，聊以慰藉多年来的风尘苦旅。

孟烨接着说道："上次和我对打的那个拳王，实力强于我数倍，我想拜他为师，学习格斗技巧，需要请你出面交涉一下。"

邬为念笑着说道："小事一桩，我这就去找博师傅，等我的好消息。"

半个钟头后，拳王大博约孟烨在上次比赛的场地见面。

孟烨如约前往，只见大博正背对着他站在花园中央，孟烨朗声道："博师傅，我来了。"

听到孟烨的声音，大博并没有转过身来，依然背对着他说道："年轻人，你很有骨气，可你知不知道，上次若不是看在邬总的面子上，你已经是一个死人了，死人是没有骨气可言的。"

孟烨刚想搭话，只见大博突然一个鹞子翻身，蹿到孟烨近前，猛地轰出一拳，直击孟烨胸口。孟烨毫无防备，手还没来得及抬起，就被大博一拳打倒在地。

孟烨伏在地上惊惧地瞪着大博，不知他为何突然袭击自己。大博只是摇了摇头，缓声说道："没有丝毫戒备之心，反应又太迟钝。在地下竞技场里，强手如林，没有投降，不死不休。小子，我问你，你若遇到一个如我这般无法战胜的敌手，该当如何呀？"

孟烨一时语塞，不知道该如何回答。见到孟烨不发一言，大博讥笑一声，讽刺道："连小孩子都懂的道理，你却不懂，看来，你并不适合走这条路，回家好好过日子去吧。"言罢，就转身离开了。

在远处等候的邬为念见到大博突然动手打倒了孟烨，急忙跑了过来，扶起孟烨，疑惑地问道："怎么了烨子，你们俩怎么一见面就打起来了？"

孟烨摇了摇头，苦笑着说道："没什么，只不过是博师傅想要试试我的反应而已。看来，求人不如求己，我自己的路，还是自己去蹚吧！为念，尽快帮我安排下一场比赛吧，我已经准备好了。"

邬为念点了点头，从怀里掏出香烟，递给了孟烨一根。孟烨却把邬为念伸过来的手拦住了，淡淡地说道："戒了。"

"哟！什么时候戒的？"

"来找你之前！"

夜，逐渐降下了帷幕。

孟烨躺在床上，辗转反侧，他的心中有种莫名的焦躁不安，没有丝毫睡意。他只好吃下了几片安眠药，这才慢慢地平静下来。

恍惚之间，一道柔和的白光驱散了孟烨眼前的黑暗，感受到怀中那柔软的胴体，他的嘴角露出了一丝微笑。孟烨并没有睁开眼睛，他稍稍加重了些力度，把夏慕雪搂得更紧了一些，继续安睡起来。

刚睡了一小会儿，孟烨的脸上忽然感到一阵柔嫩湿滑，他迷迷糊糊地睁开眼睛，看见夏慕雪偷偷地吻了自己一下，就娇笑着跑开了。

孟烨腾的一声跃下床，小跑几步追上夏慕雪，猛地把她拥入了怀中。夏慕雪害羞得涨红了脸，低声呢喃道："别闹了，一会儿上班要迟到了。"言罢，她轻轻地挣脱了孟烨的怀抱，转身去做早餐了。

孟烨的目光一直停留在夏慕雪身上，他忽然惊喜地发现，夏慕雪身上穿着的内衣下摆好似一片片花瓣，竟会随着她的摇摆晃动而组合成一簇簇不同的花朵，一如辩论赛上初遇她时的模样。

"雪，云想衣裳花想容，你穿着这件内衣，真像是误入凡尘的仙子，能得你垂青，我何其幸运。"孟烨迷醉地看着夏慕雪，痴痴地说道。

夏慕雪咯咯地笑了起来，娇声说道："衣服的款式叫霓裳花，是小时候母亲教我缝制的，母亲总是一边教我一边对我讲，只要穿上了这件衣服，就如同她陪伴在我身边一样。"

讲到这里，夏慕雪的语气忽然变得低落了。"如今，我对母亲唯一的印象，就是她教我缝制霓裳花。"

吃过早餐，孟烨就急急忙忙地约了邬为念在一家咖啡厅见面。

"烨子，你这么急着找我到底有什么事呀？"邬为念不解地问道。

"嘿嘿，烨子，你昨天跟我说要想赚钱，就要具有独特的商业思维，整合各行业资源，发掘出新的商机。我一夜没睡，苦思冥想，倒是琢磨出了一个主意，想跟你商量商量。"孟烨笑着说道。

"哦？你小子满脑袋的奇思妙想，快说来听听。"邬为念感兴趣道。

"我的这个计划，涉及快递、广告、互联网这三个领域。"

孟烨刚说完第一句话，只见邬为念的眼中刷地射出了一道精光，可他并不搭话，继续仔细地听了下去。

孟烨就把在另一个世界里邬为念告诉自己的计划，又详细地给这个世界里的邬为念讲了一遍。邬为念在听的过程中，不发一言，他一直在思索着这个计划的可行性，并在脑海中推演着每一个环节。直到孟烨讲完后良久，邬为念依然沉浸在这个计划当中，孟烨并没有打扰他，而是静静地等待着。

"烨子，从前我只知你才高八斗，却不想你还有陶朱猗顿之能，佩服佩服。"邬为念仿佛重新认识了孟烨一样，面色庄重地说道。

"为念，你过誉了，我的这个计划你认为可行吗？"孟烨有些惭愧地问道。

"非但可行，而且要立即执行，如果晚了，这个计划迟早会被别人想出来，那咱们可就失去了先机。犹豫不决，当断不断，这是为商者的大忌！"邬为念斩钉截铁地说道。

现在的邬为念虽然还未出校门，身上却已然拥有了商人该有的敏锐与果敢，此时此刻，在孟烨眼中，两个世界里的邬为念仿佛重叠在了一起。

"烨子，既然计划是你想出来的，那前期投入就由我来承担，我这就去筹备资金，等我的好消息。"邬为念拍了拍孟烨的肩膀，不等他说话，就火急火燎地离开了。

孟烨回到家后，告诉了夏慕雪他想要和邬为念一起创业的事情，夏慕雪听完后，什么都没说，只是甜甜地笑了笑。

第二天一早，孟烨和夏慕雪正在吃早餐的时候，忽然响起了一阵敲门声。孟烨打开门，只见门口站着一伙身着蓝灰色工作制服的人。

"先生您好，我们是帆船搬家公司的员工，请问这是夏小姐家吗？"领头的一个人问道。

孟烨闻言转过头，诧异地看向夏慕雪。

夏慕雪款款地走到孟烨身边，看着他的眼睛，认真地说道："你要创业的嘛，虽然邬为念体谅你，不用你出钱，他的好意我们心领了，但是我们不能占人家的便宜，再好的朋友，合伙做生意也要算清楚账。所以我决定把这个房子卖了，我们可以暂时租房子住，这样一来，你就有钱做投资了。而且我还可以当你们的内衣设计师。"

孟烨只觉得心中腾地燃起了一团火焰，汹涌的泪水夺眶而出，他上前一步，紧紧地抱住了夏慕雪，得此挚爱，今生何求！

第二十章 折翼天使

孟烨已经逐渐习惯了穿梭于两个世界之间的生活。

在有夏慕雪陪伴着的世界里，他和邬为念一边马不停蹄地跟各个快递公司洽谈业务，一边还要联系大大小小的网站运营商；谈妥了最低的快递折扣费用后，又要继续协商关于内衣广告的宣传事宜。

与此同时，在另一个世界里，孟烨流浪于不同的城市之间，一边追寻着夏慕雪的身影，一边不断地进行着拳赛。随着他的格斗技艺日益精湛，已经鲜有败绩。

孟烨明白，他不再是一个人独自战斗，每一场比赛，夏慕雪都在彼岸的世界里依偎在他身旁，默默地为他加油鼓气。这给了他无穷无尽的力量，使他的反应更加灵敏，出拳更为凶猛，心中却无比的宁静。

孟烨需要通过打黑拳来积累财富，等找到夏慕雪的时候，尽可能地还给她一个岁月静好的生活。

时光在指缝中匆匆溜走，不留一丝痕迹。孟烨打完第二十八场拳赛后，在另一个世界里，他和邬为念创办的公司已经注册成功，并且完成了全部的商业洽谈。

作为公司首席服装设计师的夏慕雪把霓裳花的造型融入了内衣的设计之中，每一个商业合作伙伴在看过内衣的样品后，都赞不绝口。

按照之前孟烨计划里提出的，内衣的加工场地选在了圳城。事不宜迟，孟烨、夏慕雪、邬为念三人即刻踏上了前往圳城市的旅程。

圳城的小商品批发市场异常繁荣，各个小作坊的老板争相抢占与孟烨一行人的合作机会，内衣加工厂的选择过程超乎想象的顺利。

办完了加工厂的事情后，一行三人漫步在圳城的街头，有说有笑地朝着火车站方向走去，准备返程。

当他们来到火车站前的广场上时，夏慕雪握着孟烨的手突然紧攥了一下，并停下了前进的脚步。孟烨好奇地看向她，只见夏慕雪正直勾勾地盯着角落里一个行乞的小女孩。

这个小女孩大概四五岁的样子，粉雕玉琢的脸蛋上挂着少许污渍，可怜兮兮地坐在路灯下，就像是一个脏了的洋娃娃。她想要哀求过往的路人给予些施舍，却总是怯懦地不敢开口。

路上的行人虽多，却很少有人肯驻足向她的小碗里放些钱，偶尔遇到好心人之时，她也只敢小声地道一声"谢谢"，而更多的时候，她只是不住地眨着一双大眼睛，努力不让眼泪流出来。

孟烨正在打量着小女孩，耳边忽然传来了夏慕雪呜呜的低泣声。孟烨关切地询问她因何而哭，她并不回答，而是用手指引着孟烨的视线看向小女孩裸着的脚丫。

孟烨定睛看去，顿时浑身一震，只见小女孩瘦弱的小腿被一条锈迹斑斑的铁链牢牢地拴在了灯柱上，由于拴得太紧，依稀可见勒出了一圈淤青。

在另一个世界里，时刻游走在黑暗地带的孟烨明白，只有灭绝人性的人贩子才能干出这种拐卖儿童来行乞牟利的勾当，他们残忍狡诈，且多是团伙作案，此时一定有人正在暗处监视着小女孩的一举一动。

"烨，我们帮帮她好吗？她才那么小，我们报警吧！"夏慕雪近乎哀求地对孟烨说道。

看着哭得梨花带雨的夏慕雪，孟烨心疼地把她搂在了怀里，贴在她的耳边柔声说道："雪，放心，我们会帮她的，不过不必麻烦警察了，让我来处理吧。"

夏慕雪趴在孟烨怀里，用力地点了点头。

孟烨转过头，用询问的眼神看向身旁的邬为念。邬为念笑着问道："烨子，还记得咱俩当初的信条吗？"

孟烨咧了咧嘴，怀念地答道："虽千万人！"声音厚重得仿佛可以抵挡住岁月的侵蚀。

"吾往矣！"邬为念朗声接道。

言罢，两人默契地举起拳头在空中碰了一下。

"为念，这个女孩应该是被人贩子控制了，咱们在这里人生地不熟的，想要救她，一定不能莽撞，我有个计划。

"既然这个女孩被铁链锁住了，那么到了晚上一定会有人来带她走，她并不具备任何威胁性，所以来的人最多不会超过两个。咱们先摸清周围的地形，等到小女孩腿上的锁链被解开时，我找机会跟人贩子发生冲突，你趁机抱着她冲进小巷，然后拐出去到车站里跟慕雪汇合。

"雪，你先去买好今天最晚一趟的火车票，然后在检票口等我俩。"

孟烨对两人说道。

"那你怎么办？"夏慕雪担忧地问道。

"不用担心我，晚上一般都会有警察巡逻，我到时候大喊救命，他们不敢乱来的，等为念抱着女孩跑远了，他们失去了目标，自然就会离开的。"孟烨自信地说道。

"好，那你一定要小心，我在检票口等你们。烨，答应我，一定不要再丢下我一个人。"

"我曾对月亮发过誓，一辈子都要和你黏在一起，你想甩都甩不掉。"

夏慕雪俏皮地瞪了孟烨一眼，转身朝车站里走去了。

距离小女孩不远的地方就有一个小巷，孟烨和邬为念进去逛了一圈，发现巷子的一个出口正好对着火车站的入口处，地形十分有利。

天色逐渐暗了下来，两人一直等到了晚上八点多，忽然有两个身穿黑色皮衣的男人鬼鬼祟祟地来到了小女孩身边，其中一个头发染成了黄色，另外一个脖子上戴着条金链子。

女孩见到这两人后，立刻吓得浑身哆嗦，并且双手抱住脑袋呜呜地哭了起来。她一边哭一边哀求道："不要打宝儿，不要打宝儿，宝儿明天会要到更多钱的，呜呜呜。"

脖子上挂着金链子的男人站在小女孩旁边，警惕地观察着周围。黄发男人蹲下身子，把女孩面前的盒子拿起来，数了数里面的钱，突然把盒子狠狠地摔在了地上，吓得小女孩紧紧地缩在了路灯下，哭都不敢哭了。

"真是废物，每天吃我的喝我的，还敢偷懒，要到的钱这么少，今天晚上不用吃饭了！一会儿回去看我不打死你！"黄发男子一边骂一边给女孩解开了锁链。

"朋友，能借个火吗？"

孟烨凑到戴金链子的男人身边，嘴里叼了根烟，憨笑着问道。

"谁是你朋友，滚开！"男人厉声训斥道。

"不借就不借，凶什么凶嘛。"

话音刚落，孟烨突然把嘴里叼着的香烟吐到了男人的脸上，趁着男人没反应过来的时候，猛的一脚踢中了他的裆部，男人哀号着倒在了地上，孟烨大喊一声"动手"，随即扑向了一旁的黄发男子。

听到孟烨的指令，邬为念连忙冲过去抱起小女孩就往巷子里跑，片刻之间就没了踪影。

孟烨一只手掐住黄发男子的脖子，死死地把他按在地上，另一只手攥起拳头狠狠地往他脸上揍，打得他鼻血四溅。

就在这时，从四处的街道中突然冒出了一伙人，叫骂着朝孟烨冲了过来。

插画师：王潜

第二十一章 沐雪临霜

看着来势汹汹的一群人，孟烨暗道声："糟糕！"他没料到附近居然有这么多人贩子的同伙。其实这种团队作案，一般人员都分散在各个路口和街道交汇处，一旦出了事情，既容易聚集又方便逃逸。

孟烨迅速起身跑进了巷子里，他顺着计划好的路线刚跑出巷口，就看到邬为念正在被几个人贩子围住殴打。只见鼻青脸肿的邬为念半蹲在地上，紧紧抱住怀里的小女孩，已经快要坚持不住了。

"住手！"

孟烨大喊一声，朝他们冲了过去。

就在孟烨和几个人贩子扭打在一起的时候，追赶他的那一伙人也从巷子里尾随而至。寡不敌众，孟烨和邬为念被这群人贩子团团围住，两人面对面跪倒在地上，把小女孩死死地护在中间，硬抗住众人的殴打，不让她受到一点伤害。

"畜生！"

夜空中突然炸开了一声暴喝。

只见一个高大壮硕的长发男子如同一辆疾速行驶的坦克车般撞进了正在群殴孟烨等人的人贩子当中。

这伙人贩子竟好似一堆被保龄球击中的球瓶一样，"轰"的一下几乎全部被撞翻。

高大男子的一双拳头就像是两柄大铁锤，挥舞起来，砸到人贩子身上，立刻就会传来一阵阵骨骼碎裂的嘎嘎声，直让人听得头皮发麻。片刻之间，十几个人贩子全部重伤倒地，一人之力，竟强悍至此！

高大男子走过去扶起了孟烨和邬为念，小女孩此时已被吓得嗓子都哭哑了。

"你们没事吧？这群丧尽天良的畜生，如果现在不是法治社会，我早就把他们的脑袋拧下来了！"高大男子恨恨地说道。

"高震云！"看清了高大男子的样貌后，孟烨忍不住惊呼道。

"怎么，你认识我？我们之前并没有见过面，莫非你看过我的拳赛？"听到孟烨喊出了自己的名字，高震云讶异地问道。

"哦，对，我是看过你打拳。"孟烨顺着他的话茬说道。

一旁的邬为念看着还躺在地上呻吟的人贩子们，不禁对高震云由衷地感谢道："高兄弟，今天真是多亏了你，要不然我们哥俩可就栽了。以一当十，你可真是厉害呀！"

"哼！猛虎驱散恶犬，算什么厉害。"高震云不屑地笑了笑。

"听口音，你们俩也是东北人吧？"高震云接着问道。

"对，我们是从东北的岭城市过来谈生意的。"邬为念回答道。

"岭城么，那也曾是我的家乡，只不过……"高震云仿佛回想起了往事，自言自语地嘀咕道。

孟烨抱起小女孩，拍了拍邬为念的肩膀，提醒道："快走吧，火车要开了。"

高震云跟两人道完别就转身离开了，孟烨突然大喊了一声："高震云！我们两清了，后会无期！"言罢，就抱着小女孩和邬为念一起走进了火车站。

高震云诧异地回过身，看着两人离去的背影，"哼"了一声，自语道："真是莫名其妙。"

孟烨等人带着这个可怜的小女孩回到了岭城市。由于她在很小的时候就被人贩子拐卖了，只知道自己叫宝儿，已经不记得父母是谁了。他们几个到警察局查找比对失踪儿童的信息也一无所获。

可能是由于惊吓过度，自从宝儿被他们带回家后，就一直高烧不退，无论怎么打针吃药都无济于事。夏慕雪带着宝儿到医院做了检查，竟然查出她患有先天性白血病！这无异于一个晴天霹雳，而且雪上加霜的是，宝儿的血型竟然是极其稀有的 AB 型 RH 阴性！

宝儿，很有可能是因为身患绝症而被父母遗弃的，所以公安局的档案里才查找不到任何关于她的信息。

夏慕雪抱着宝儿在医院的走廊里旁若无人地大哭起来，宝儿以为自己又做错了什么事，才惹得大姐姐如此难过。她一边用粉嘟嘟的小手给夏慕雪擦着眼泪，一边轻声哄着夏慕雪说道："雪姐姐不哭，宝儿知道错了，宝儿乖。"

听到宝儿的话，夏慕雪的心都快要碎了，她轻轻地抚摸着宝儿的小脸蛋，柔声说道："宝儿没有错，宝儿最乖了，姐姐带你回家，给你做最爱吃的红烧鸡翅膀好不好？"

"哦哦哦，雪姐姐最疼宝儿啦，宝儿好开心呀。"宝儿雀跃着欢呼道。

孟烨和邬为念创办的公司已经步入了正轨，霓裳花内衣超乎想象的受欢迎，订单数量多得难以置信。

孟烨暂时把公司的事情全权交给了邬为念负责，他和夏慕雪带着宝儿几乎跑遍了所有可以进行骨髓移植手术的医院，但是由于宝儿的血型实在太过稀缺，一直没能找到合适的供体。

这天，孟烨和夏慕雪又一次失望地走出了一家知名医院。

"对了，雪，我还不知道自己是什么血型呢，没准我的血型可以和宝儿匹配成功呢！我这就去检测一下。"孟烨忽然间灵光乍现，笑着对夏慕雪说道。

孟烨转过身就想回医院，夏慕雪突然间拉住了他的胳膊，神色复杂地看着他，却不说话。

"怎么了，舍不得我？"孟烨打趣道。

"烨，我们去下一家医院吧，我们一定会找到合适的供体的，我们走吧，好吗？"夏慕雪眉头紧蹙，低声说道。

看着夏慕雪忧愁的神情，孟烨忽然间想到了什么，他轻轻地把夏慕雪抱在怀里，柔声说道："雪，你知道我的血型对吗？之前我重伤昏迷的时候，需要输血，是你一直在我身边照顾着我，你一定知道的。"

夏慕雪不住地摇着头，眼泪汪汪地看着孟烨，矢口否认道："不，我不知道，我什么都不知道，求你别再问了。"

"好，我不问了，雪，我们走吧，去下一家医院。"看着夏慕雪难过的模样，孟烨心疼地说道。

两人回到家里后，发现宝儿又开始发烧了，还不时剧烈地咳嗽几声，看着真让人心疼，她的病情已经逐渐恶化了，可懂事的她却强忍着病痛的折磨，装作没事的样子，不想给孟烨和夏慕雪添麻烦。

夏慕雪架不住孟烨的苦苦追问，又实在是心疼宝儿，这才不得已道出了实情。

之前，孟烨被袁念君捅伤后，虽然被及时送往医院抢救，但是由于他的血型是 AB 型 HR 阴性，非常稀缺，没能在最佳时间进行输血，所以才导致他陷入了长期的昏迷。

孟烨知道了自己的血型和宝儿一样之后，就安慰着夏慕雪道："雪，我知道你担心我的身体，可是宝儿的病情已经不能再拖下去了，你放心，我身体强壮得很，一个打几个都没问题，而且我还年轻，恢复得也会比较快。"

夏慕雪依偎在孟烨怀里，哽咽着说道："烨，我好怕，我真怕你会再把我一个人孤零零地扔在这世上。你一定要好好爱惜自己的身体，千万别勉强，就算是为了我，好吗？"

孟烨温柔地拭去了夏慕雪眼角的泪水，认真地说道："雪，我答应你，以后一定会爱惜自己的身体，不再冲动，不再让你担惊受怕。我先去做一个全面的身体检查，如果医生不建议我做骨髓移植的供体，我们再想其他的办法，好吗？"

　　夏慕雪闻言轻轻地点了点头，把脸颊贴在了孟烨的胸口上。之前在孟烨处于昏迷中时，每当夏慕雪感到彷徨无助的时候，就会习惯性地趴在孟烨的胸口，静静地听着他的心跳声，这会使夏慕雪暂时忘却所有的烦恼，获得片刻的宁静与安详。

　　彼时彼刻，亦如此时此刻。

第二十二章 宿命之役

医院的检查结果很快就出来了，医生告诉孟烨，他的骨髓完全可以和宝儿相匹配，而且捐献骨髓并不会对他的身体造成太严重的影响。

在夏慕雪反复跟医生确认过捐献者的健康问题，并得到满意答复后，她悬着的一颗心才终于放了下来。

邬为念托朋友联系到了圳城的一家医院，可以邀请到国外顶级的医生来完成手术。于是孟烨和夏慕雪带着宝儿又火速返回了圳城。

一行三人刚刚抵达圳城，就接到了医院的通知，说目前正好有一个合适的供体，可以和宝儿相匹配。这个天大的喜讯来得太过突然，以至于让他们怀疑消息的可靠性。

孟烨等人到了医院后，负责这次手术的医生告诉他们，骨髓的捐献者是一位重伤不治的拳手，在临死前想为社会做一点贡献，决定捐献出整个身体,他的脏器已经严重破损，不过骨髓还是完好的。

　　开始手术前，孟烨需要和这名拳手的经纪人签署捐赠协议。在见到经纪人的那一刻，孟烨忽然间愣住了。

　　"你是，阿超？"

　　"没错，我就是高震云的经纪人，孙义超，幸会。"

　　在见到阿超的这一刻，孟烨的脑子里如同电影回放一般，两个世界里相同的人与不同的事，渐渐重叠在了一起，交织成一张关系复杂却又脉络清晰的图谱。图谱的中心处是夏慕雪抱着宝儿开心地笑着。

　　"我知道了！我终于知道怎样可以在另一个世界里找到你了！哈哈哈！等着我，雪。"孟烨忽然间傻笑起来，一边笑还一边流着泪。众人都以为他是为宝儿感到开心，喜极而泣。

　　宝儿的手术进行得很顺利，夏慕雪一刻也不愿意离开宝儿，整天变着法逗她开心，不是给她缝了件新衣服，就是又给她做了道喜欢的菜品，整个病房里充满了欢声笑语。

　　既然所有的人都注定会相遇，那么，在另一个世界里，只要找到了宝儿，也就有可能会找得到夏慕雪。

　　顺着这个线索，孟烨回到另一个世界后，第一时间就赶往了圳城，到给宝儿做手术的那家医院查找她的住院信息，却一无所获。

　　孟烨并不死心，他要跑遍每一家可以进行骨髓移植手术的医院，直到找到宝儿为止。

　　就这样，孟烨奔波于各个不同的城市，白天去医院查找宝儿的线索，晚上进行黑拳比赛。

　　这天傍晚，孟烨来到了京城这座充满了无限可能的城市。今晚在这里有一场拳赛，由于孟烨的名声在京城的格斗圈子里不被人熟知，所以如果能爆冷门赢了，就会有非常丰厚的奖金。孟烨准备打完这场比赛，明天再去医院寻找宝儿。

　　孟烨换好衣服，早早地来到了擂台上，他眯着双眼，深吸了一口气，缓缓抬起右手，轻轻地放在了胸口，在另一个世界中，夏慕雪的头此刻正枕在这里。

　　孟烨的嘴角露出了幸福而又甜蜜的微笑，他只觉得浑身上下充满了用不完的力气，高昂的战意霎时间涤荡全场。

　　在台下的观众眼里，此时的孟烨已经完全陶醉在了战斗的氛围之中，他那优雅且从容的微笑，仿佛是一尊降临凡尘的神祇，正在享受着信徒的朝拜。

　　这时候，台下忽然涌起了一阵热烈的欢呼声：“战斧！战斧！战斧！”

　　伴随着这片欢呼声，一个高大健硕的长发男人跃上了擂台。

“是你？”

“是你？”

看清了彼此的样貌后，两人同时惊讶道。

孟烨今晚的对手，这个绰号战斧的男人竟然是高震云！

“哈哈哈！孟烨！没想到我的对手会是你，不过也好，我们的恩怨今天正好可以做个了结！”高震云大笑着说道。

“嘿嘿嘿，高震云，上次比胆子，你输给了我，希望这次你能争点气，别让我赢得太容易！”孟烨也笑着说道。

见到双方拳手已经就位，拳赛的主持人疯狂地呐喊道：“各位来宾，大家晚上好！我是今晚的主持人，鑫仔！用你们最大的声音告诉我，你们到底买了谁赢？！”

“战斧！战斧！战斧！”

听到了巨浪般的回答声后，主持人鑫仔继续嘶吼道：“没错！就是战斧！他是魔鬼的代言人！死神的刽子手！冲吧，战斧！把你的对手剁碎！我宣布，比赛正式开始！”

主持人的话音刚落，高震云就蹭的一声朝孟烨冲了过去，他的拳风中甚至夹杂着阵阵破空之音，力道十分强劲。

孟烨在另一个世界里见过高震云和人贩子的打斗场景，知道他的拳头异常凶猛，所以孟烨并不准备跟他硬拼。

面对来势汹汹的高震云，孟烨非但没有后退躲闪暂避锋芒，反而迅速迎上前去一步。就是这突兀的一步，扰乱了高震云对出拳距离的掌控，无法挥出全力。

在高震云近身的瞬间，孟烨并没有硬接他的铁拳，而是虚晃一招，侧身躲过他攻击的一刹那，拧身出拳，砸向高震云的前臂，同时借助反震之力向后一跃，化解了他的雷霆一击。

高震云见一击不中，双脚猛一蹬地，斜着身子朝孟烨撞了过来，气势犹如一座倾倒的山峰，巨大的压力迫人窒息。

孟烨见状疾速后退，在高震云的肩膀即将撞到他之时，突然两脚相错，腰身一扭，双手搭在高震云的肩膀上顺势一推，就让高震云在他自身的惯性之下跌了出去。

就在高震云身体失去平衡，将要摔倒之时，他却突然间把腰一弯，双手撑地，两条腿猛地向后扫去。

孟烨听见呼呼的劲风声袭来，立刻平地起跳，腾空之际，缩肩屈腿，双脚正好蹬在了高震云扫过来的腿上，他借着这股巨力一下子蹿到了半空中，离地足有两米之高，随后一个鹞子翻身，稳稳地落在了地上，好不潇洒，台下的叫好声霎时响成了一片。

高震云的这一拳、一撞、一鞭腿，是他的三个连环杀招，在以往的比赛中，没等这三招打完，对手就已经非死即残了。没想到这次三招过后，孟烨依然毫发未伤。

按理来说，就算是老虎，杀招尽出后还奈何不了猎物，气势也应该弱上三分。可高震云却忽然仰天长笑，如同滚滚雷鸣，说不出的畅快，道不尽的豪迈。他整个人的气势也随着这笑声节节攀高，更盛之前。

"哈哈哈，好好好，孟烨，你果然是个好手，让我们打个痛快！"

言罢，又朝孟烨扑了过去。

只见擂台上的两人，一个掌中虽无方天戟，双拳却比瓮金锤；另一个身形矫似云中鹞，步履巧如挂角羚。

黑拳赛没有中场休息，两人鏖战良久，高震云越战越勇，孟烨却渐渐有些体力不支了……

掌中蛋无方天戟
双拳却比夐金锤
身形矫似云中鹬
步履巧如挂角羚

插画师：USFR

第二十三章 天若有情

孟烨没料到高震云的体力会这么强，竟然能够在如此长的时间内一直保持着高强度的攻势。他的身体已经极度疲劳，身形左支右绌，再加上刚刚腹部被踢中了一脚，更是难以应对高震云接下来狂暴的进攻。

孟烨强咽下涌上喉咙的一口鲜血，用力晃了晃头，他的两眼已经有些泛花，意识逐渐开始模糊。

虽然已经濒临死亡，但是孟烨心里却没有丝毫的恐惧，他甚至还觉得这何尝不是一种解脱。

就在这时，如同回光返照一般，孟烨的脑海里突然回想起夏慕雪举着刀让自己快跑时，那绝望的眼神。

"不，我还不能死，我还没有找到我的雪，我绝不能在这里倒下。"孟烨自语道。

强烈的求生欲望，让孟烨的大脑飞速运转起来，他忽然间想起了当初拳王大博对他说过的一句话："如果遇到不可胜之敌，该当如何？连小孩子都懂，你却不懂！"

想到这里，孟烨看着冲过来的高震云，忽然咧开嘴怪笑了一声，竟然摇摇晃晃地转过身，用尽余下的力气跑了起来！

看到孟烨居然背对着高震云逃跑了，台下观众的叫骂声顿时一浪盖过一浪。

其实高震云的体力也快用尽了，只不过他一直强撑着，让自己看起来犹有余力的样子，对孟烨施加心理压力。当他见到孟烨居然无耻到逃跑时，也是恨得牙痒痒。

两人在擂台上你追我赶，原本紧张刺激的拳赛竟然变成了滑稽可笑的舞台剧。由于会馆的擂台并没有台柱和围绳作为限制，所以地方十分宽敞，这让高震云更加难以抓到已经不要一丝脸面、满地打滚、狼狈逃窜的孟烨。

就在气喘吁吁的高震云停下来休息，放松警惕的一瞬间，在前面奔跑的孟烨突然止住了脚步，他拧过身子用尽全力甩出左腿，一脚踢中了高震云头部，高震云轰然倒地，口吐白沫，全身不停地抽搐起来。

兵不厌诈，胜负已分！

就在孟烨刚刚舒了口气，想要离开的时候，一个女人的尖叫声差点吓得他魂飞魄散。

伴随着一阵刺鼻的劣质香水味，只见一个化着烟熏妆、梳着大波浪发型，身着一件镂空连衣裙的少妇尖叫着从观众席冲了过来，护在高震云身前，神色复杂地瞪着孟烨。少妇跑过来时，裙边摇摆着的褶皱犹如一瓣瓣飞旋的花蕾。

孟烨曾无数次地幻想过和夏慕雪再次重逢时的场景，可这种方式，让他实在无法接受。命运跟他开了一个天大的玩笑，可这个玩笑真的有些太过分了。

孟烨终于找到了夏慕雪，不过他出场的方式就像是故事里的大反派，用卑鄙的手段打败了守护公主的骑士。

就在孟烨如遭雷击，大脑一片空白的时候，夏慕雪突然跑过去狠狠地扇了他一巴掌。夏慕雪哭喊着质问道："孟烨！难道你这辈子就只会逃跑吗？"

夏慕雪那悲痛欲绝的眼神和当年一模一样。孟烨此时真切地感到了自己的心在滴血，他的耳边嗡嗡作响，没有听清夏慕雪接下来所说的话，他只觉得眼前天旋地转，随即不省人事了。

孟烨爆冷门赢了战斧，获得了巨额的奖金，但是由于他在比赛中的恶劣行径，没有拳赛会再邀请他。

高震云已经苏醒了过来，虽然性命无忧，但是由于他的头部受到过强烈的撞击，以后再也不能做剧烈的运动了。

半年前，在圳城的街头，高震云从一伙人贩子手中救出了即将被掠走的宝儿，以及拼命护着宝儿的夏慕雪。

宝儿患有先天性白血病，更糟糕的是，她的血型是非常稀少的 AB 型 HR 阴性。

高震云一边打着拳赛，一边和夏慕雪带着宝儿辗转于各个城市的医疗慈善机构，希望可以找到合适的供体，却一直未能如愿。

一次拳赛的受伤，让高震云偶然间得知了自己的血型恰巧也是 AB 型 HR 阴性。他决定为宝儿捐献出自己的骨髓，不过在此之前，他想完成自己的心愿，挑战拳王大博，打完最后的这场比赛，无论输赢，他都将再无遗憾。

可天不遂人愿，拳王大博有事不能赴约，高震云的对手临时换成了一个北方来的拳手，也就是孟烨。

孟烨打听到高震云的这些情况后，他决定匿名捐献出自己的骨髓，并且把他的全部积蓄都赠送给宝儿。只不过孟烨不太适合亲自出面，他找到了邬为念，让邬为念找高震云和夏慕雪沟通此事。

"烨子，既然你已经做出决定，我也就不再多说些什么了。高中的时候，你曾说过，最想成为君子，我始终也不懂，君子到底应该是怎样的人。今天我终于明白了，舍生取义，成人之美，方称君子。"邬为念哽咽着对孟烨说道。

　　孟烨悄悄地来到了高震云的病房外，里面传出了夏慕雪银铃般的阵阵笑声。他躲在暗处看到夏慕雪如一个孩子般，正兴奋地跟已经苏醒过来的高震云说道：

　　"太好了，云哥哥，我们真的是太幸运了，不仅得到了一大笔医疗赞助基金，还突然有人捐献出这么稀缺的骨髓。你现在伤势未愈，如果强行捐献骨髓，会有生命危险的。是不是上天看我以前过得太凄惨，想要弥补我一下，让我转运，呵呵呵。"

　　高震云轻轻握着夏慕雪的手，柔声说道："是啊，我们真的很幸运，只可惜我以后再也不能打拳了，没能挑战拳王，终究是有些遗憾。"

　　看到夏慕雪和高震云在一起时幸福的模样，孟烨忽然咧开嘴，无声地傻笑了起来，笑着笑着眼泪却唰唰地掉了下去。

　　此时此刻孟烨才知道，原来极度的开心与悲伤竟然可以在一个人身上同时出现。

　　"有人能代替我去爱你、呵护你、守护你，真好。雪，我走了。虽然在这个世界中，你对我失望至极。但是，你永远都不会知道，在另一个世界里，我将与你恩爱到老。"孟烨痴痴地凝望着夏慕雪，低声对她说道。

　　孟烨恋恋不舍地收回了望着夏慕雪的目光，慢慢地转过身离去了。在转身的刹那，孟烨只觉得胸腹之间有一股气流翻涌，直想放声长啸，竟有种难以言表的畅快，步伐也随之潇洒起来。

夏慕雪无意中看到了孟烨离去时的背影，不由地失神了片刻。

"怎么了？"高震云关切地问道。

"我好像见到了孟……"夏慕雪下意识地脱口而出，声音里微微有些哽咽，她忽然停顿了一下，尽量控制住情绪，装作平淡的口吻继续说道，"哦，没什么，刚刚走过去的那个人看着有些眼熟，可能是我认错人了吧。"

高震云扫了一眼孟烨离去的方向，不在意地笑了笑，随即岔开了话题……

捐献完骨髓后，孟烨明显感觉到自己的生命力就像是风中的残烛，随时都可能熄灭。况且，哀莫大于心死，此时的他，也已经了无牵挂，这个世界已经没有什么值得他再留恋的了。

街边的杂货店正在放着一首经典的歌曲——《盛夏的果实》，在此时的孟烨听来，这首歌有种能够穿透岁月阻隔的力量，仿佛在他的耳边轻声低诉着记忆中那无限美好却已然遥不可及的往事。

道路两旁，梧桐树林的叶子被风吹得哗哗作响，就像是故事完结时的掌声。

孟烨回到宾馆后，拨通了邬为念的电话。

"为念，真高兴，因为下辈子，还能和你做兄弟。"

"喂，烨子，你……"

孟烨说完这句话就挂断了，一阵强烈的眩晕感袭来，他知道自己的生命已经走到了尽头。

孟烨安详地躺在了床上，就像即将要结束一场噩梦。他嘴唇微动，小声默念道："他生若续此生梦，甘化石桥慰所思。"

孟烨的呼吸越来越微弱，直至完全消失。

今晚的月亮，泛着红光，妖异而邪魅。

插画师：vintage 九色鹿

第二十四章 第三重门

　　孟烨唰的一下睁开了眼睛，他急切地坐起身来，诧异地观察着周围的环境，只见四面都是灰白的墙壁，屋子里摆着四张双层铁架床，几个剃着平头、身着橘黄色囚服的犯人正蹲在角落里不安地看着自己。这里难道是，监狱？！

　　这时候，孟烨身边一个手臂上纹了青蛇的男人突然对他嚷道："孟爷！孟爷！您没事吧，刚才可真是吓死我了，还以为您突发心脏病死了呢。孟爷，您怎么这样看着我，我是宋立仁呀！"

　　孟烨怔怔地看着面前这个自称宋立仁的男人，没错，就是这个男人，在一个世界里因为骚扰薛婉卿被自己教训了一顿；又在另一个世界里由于骚扰夏慕雪被魏子武吓退了。看来自己并没有回到另一个世界中，那现在自己究竟是在什么地方？！

　　孟烨只觉得心中无比的焦虑与烦躁，他突然双手抓住宋立仁的领口，把他拽了起来，近乎咆哮地问道："给我从头到尾讲一遍，我到底是怎么来到这个鬼地方的！"

宋立仁被孟烨这突然的狂暴行为吓得一动也不敢动，他用颤抖的声音回答道："孟爷，您这是干吗呀？您怕是忘了，我今天不是已经给那几个新来的小崽子讲过您的英勇事迹了吗？我……呃……"

孟烨不耐烦地掐住宋立仁的脖子，猛的一摆臂，把他按到了墙上，一字一顿地说道："让你讲你就讲，废什么话？"

"咳咳，孟爷，您息怒，我说我说。这得从十年前说起了，您当时还是岭城大学的学生，虽然未涉江湖，但那时您就已经霸气外露了，您为了保护嫂子，凭一己之力赤手空拳弄死了三个小流氓，真是大快人心，全城轰动。我对您的崇拜简直无法用言语来表达，当初为了能跟着您混，我可是特意犯了点小错误才进来的，这些您都是知道的呀！"宋立仁无耻地拍着孟烨的马屁道。

孟烨还想问些什么，门外忽然传来了狱警的传唤声。

"孟烨，出来，有人探视。"

孟烨怀着忐忑的心情一路跟随狱警来到了探视间，他突然愣在了原地，因为此刻站在玻璃墙对面，来探视他的人竟然是夏慕雪！

眼前的夏慕雪盘着头发，素面如雪，目光柔和而坚定，身上散发出一股成熟女性的魅力。孟烨忽地感到阵阵心痛，因为他明白，凡是被疼爱的女人都如孩子般天真烂漫，只有遭受苦楚的女人才会变得这样成熟而坚强。

"烨哥，你比我上次来看你的时候更瘦了，鬓角还多了几根白头发，你在里面一定要照顾好自己，就算是为了我，好不好？我在外面过得很好，你不用担心我，而且我又学会了做好多美味的菜肴，等你出来了，我一样一样做给你吃，我等着你回家。"夏慕雪眼睛一眨不眨地盯着孟烨，抿着嘴唇，柔声对他说道。

"雪，你放心，我在里面也很好，狱友们人都不错，也挺照顾我的，我会好好表现，争取获得减刑的机会，早日出去与你团聚。"孟烨看着夏慕雪的眼睛，真诚地笑着安慰她道。

探视完毕，正好到了狱中每日户外活动的时间，孟烨跟随狱警来到了操场上。操场上的囚犯见到孟烨，都会恭敬地喊一声"孟爷"。

宋立仁见到孟烨来了，立刻带着一群凶悍的囚犯凑到了他身边，指了指站在操场角落处的三个人，狠狠地说道："孟爷，那三个小子刚进来不久，都是生瓜蛋子，有点不太懂事，居然没有第一时间到您这拜码头，所以我昨晚就吩咐手下的几个弟兄去教教他们应该怎么做人，没承想反被他们打伤了，这分明是没把您放在眼里嘛，咱们要不就在这废了他们仨。"

孟烨顺着宋立仁手指的方向看去，忽地笑了起来，因为这三个不太懂事的新人居然是高震云、魏子文和魏子武！

孟烨笑容不减地朝他们走了过去，以高震云为首的三人立刻警戒起来。

孟烨来到了高震云面前，似笑非笑地看了看他，又扭头看了看魏氏兄弟。只见高震云面色如常，但是双拳紧握，手臂上青筋暴起；魏子文目露凶光，全身肌肉紧绷，腰身稍躬，膝盖微屈，随时准备暴起伤人；魏子武则面色凝重，斜眼观察着孟烨身后的一众囚徒，心中另有盘算。

高震云双手抱拳，沉声对孟烨说道："尊你一声，孟爷，我们兄弟三人初来乍到，本无意冒犯，只是昨晚你手下的几个弟兄欺人太甚，所以我一时冲动打伤了他们，实属无奈，在这里先给你赔个不是。如果你今天想替他们把场子找回来，我也乐意奉陪，论打架我还没怕过谁。"

孟烨闻言哈哈一笑，摇了摇头，抬手把高震云抱拳的双手按了下去，感慨地说道："不打了，我们已经打够了。我媳妇儿刚刚给我送了几只烧鹅，一起过来吃点吧。"言罢，转身朝监舍走去。

孟烨身后的一众囚犯面面相觑，不知孟烨意欲何为。高震云、魏氏兄弟也一头雾水，因为孟烨看他们的眼神和说话时的语气竟仿佛是多年的老友一般，哪里有传闻中黑狱霸王的样子。

魏子武低声提醒高震云道："高兄，小心有诈。"高震云忽然长笑一声，跟了上去，魏氏兄弟满心戒备，紧随其后。

高震云等人跟随孟烨进入了监舍，孟烨拿出烧鹅，分给了三人，并笑着说道："我与三位一见如故，昨晚的事，不必放在心上。正所谓不打不相识，我想跟你们交个朋友，以后彼此也有个照应。"

高震云咬了一口烧鹅，朗声笑道："闻名不如见面，孟爷果然气量不凡，既然如此，大家就是兄弟了，以后还要承蒙您多多关照。"魏氏兄弟也连声附和。

入夜，孟烨不安地躺在床上，毫无睡意。他不知道此时的这个世界能否和之前一样，睡着后就可以回到另一个世界中去。在另一个世界里，夏慕雪和宝儿还在等着他醒来。

"一定要让我回去，一定要让我回去……"

孟烨反复地轻声念叨着，在安静的囚室里显得格外聒噪。时间一分一秒地过去，窗外的月亮不断地变换着轨迹，孟烨念叨的声音逐渐消失了，在他的声音彻底消失的一刹那，孟烨突然睁开了眼睛！

·